继园诗钞

赵维仁（清）著
张俊立 校注

作家出版社

张俊立,甘肃省临潭县人,生于1963年10月。曾为甘肃民族师范学院特聘研究员,现为甘南藏族自治州诗词楹联学会会长。编著出版《洮州厅志校注》《味雪诗存校注》(清陈钟秀著)《临潭楹联选编》,诗集《迟庐吟稿》等。

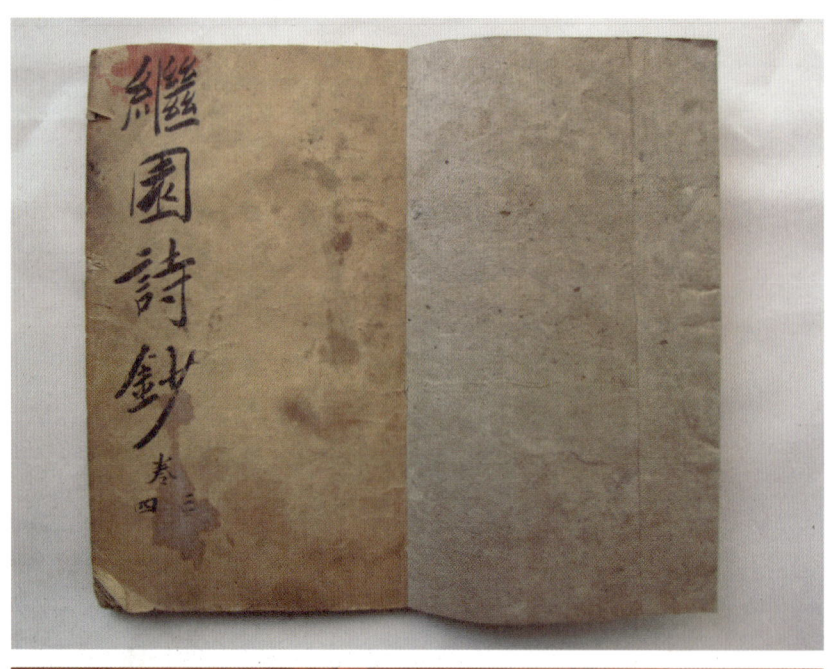

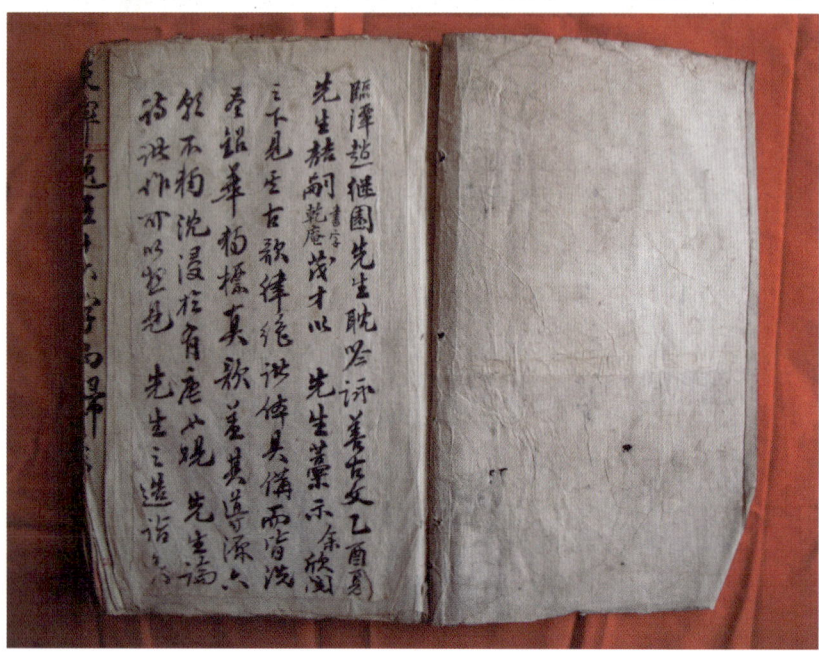

继园诗钞墨稿

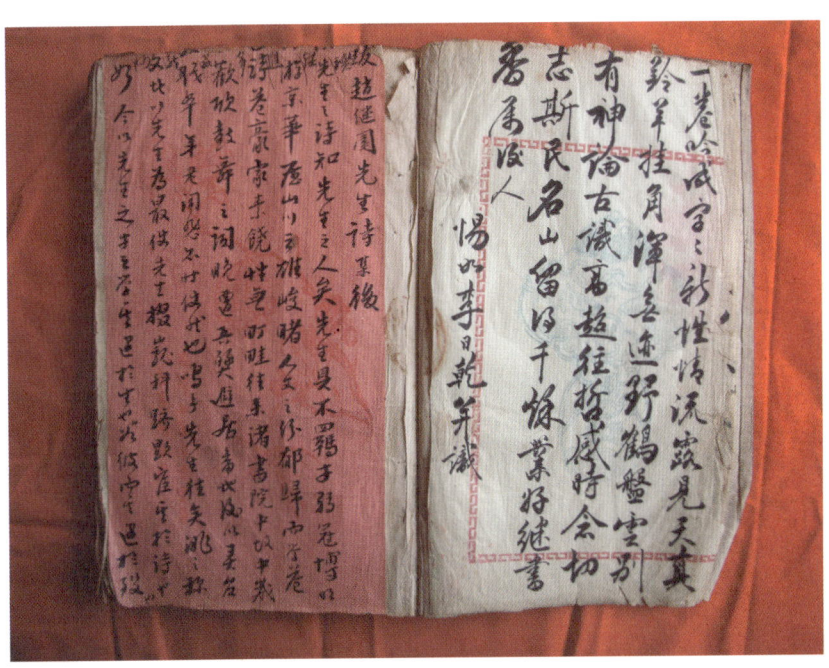

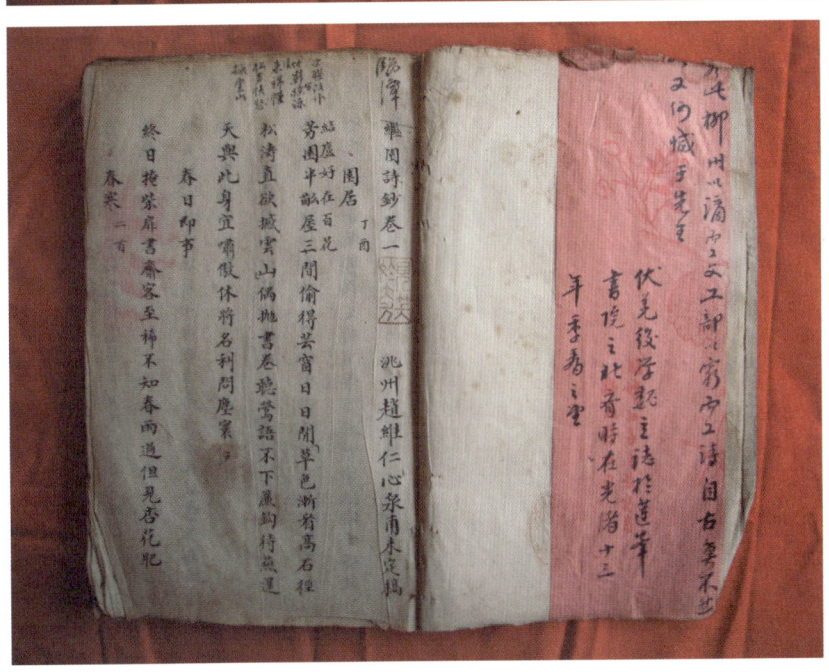

继园诗钞墨稿

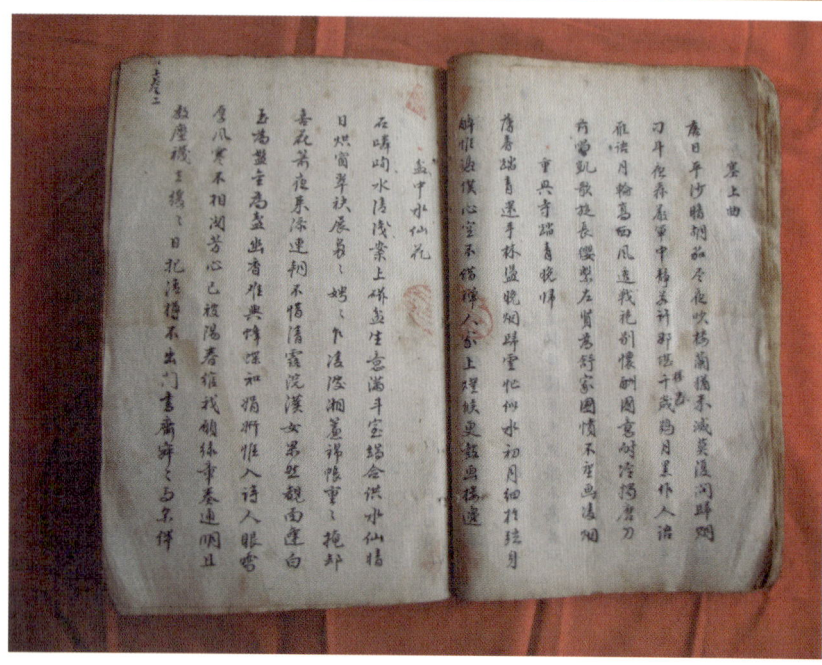

继园诗钞墨稿

大鄉望鼎卷常老先生榮膺八品壽官鴻禧

絲綸杖鄉杖國杖朝依禮經品第錫帛賜酒賜爵布漢帝恩膏
詔既降来天上
渥遍及於遐方如我
鼎卷常翁者寶與其遴焉惟翁系本開平望隆洮水和光抱
樸頭志祿真長生隸東王之籍奠勞守五夜庚申不老軀

聖天子以同王之壽考下養老之
几杖是皆累朝鉅典彪炳史冊方今
三老禮復盛於永平紬維唐代爰錫服衣湖服元初更于
不忘敬老典禮特重引年憲德乞言藏先存半醇史五史
蓋閉洪範陳五福壽列乎先天下達三尊齒居其一國家

南極之堂何必問三巡甲子鼎降人間允矣克階五老顏
如童于歲我漢世八公兒乎壽皖足稱德尤素著其制行
也無忒其出言也有倫有要其治家也克勤克儉兵
待人也勿二勿三戲舞承歡不愧老莱之愛日荷鋤力作
更資罹氏之高風省膝下之桂榮悲委家政顧偕菌而歡

赵维仁书贺单一

悦以集馀年是以鹤算日并松龄永固诏下九重梓里奉硕耆以晋衔尊八品榆年被章服之荣说者谓翁之遐珠荣翁之高年为之而不知翁之享高年之厚德致之也馀技惭雕虫才非绣虎值嘉宾之云集将揽揄鹏望庆士之堂

辉额从介寿尔昌尔炽食报固其宜也必寿必名锡龄正未艾矢晋抒阄巻之词少效华封之祝是为序

道光二十七年岁次丁未小阳月穀旦

例授修职郎即铨教谕辛邜科优贡赵维仁顿首拜撰

例授修职郎候铨训导乙巳岁贡士姜馥桂顿首拜书

赵维仁书贺单二

目　录

前　言	001
序　一	007
序　二	009
序　三	010

卷　一

园　居	003
书斋即事	004
春寒二首	005
新晴与冯子能分韵得又字	006
虞美人花	008
寒食日登高	009
秋　阴	010
夜　雨	011
古镜二首	012
过野狐桥	013
春	014
夏日同冯子能登云山观	015
骤　雨	016

新　秋	017
偶　成	018
独　坐	019
晓发石关堡	020
黄　河	021
五泉山西岩瀑布	022
卧佛殿题壁	024
东至淋雨岩	025
岷阳道上时赴秦中作	026
晚　行	027
青门即事	028
夜饮醉白楼	029
登慈恩寺塔	030
灞　桥	031
马嵬驿吊杨妃二首	032
举明经	034
长武看晓日	036
固　关	038
李夫人	040
西　施	041
班婕妤	042
羊　后	043
张丽华	044
秦国夫人	045
上官昭容	046
红　拂	047

关盼盼	048
王昭君	049
藏书行	050
古　碑	052
道上纪事	053
旅舍感怀	054
唐太宗祠	055
过周太王祠前以日暮未得谒	056
李西平祠	057
鸿门坂吊项王	059
吊汉高皇	060
马伏波祠	061
董广川祠	063
苏子卿故里	065
菊前饮酒	067
磻　溪	068
始皇陵	071
司马相如卧病处	073
陈希夷坠驴处	074
灰　堆	075
孔门燕子故里	076
游金胜寺	077
闰　夜	078
番马歌	079
有　感	082
读王介甫传	083

送子能之云南	086
宋　祁	087
石　崇	088
王　旦	089
寄子能	090
送周仲容归金城	091
山居词（临潭月令词）	092
冬夜读书即事	096
迎　春	097
送　春	098
造假山	099
嵌鱼池	100
山　行	101
晓　发	102
失路口占	103
卓阳署中	104
仲秋偕同人集文峰赏月	105
嘛噜寺	106

卷　二

分　花	109
种　花	110
乞　花	111
对　花	112

自题蛱蝶便面	113
自题墨竹	114
山中晚步	116
赠友山居	117
苦雨有怀	118
偕友晚步	119
春　兴	120
夷齐墓	122
偶　成	123
自　笑	124
代人寄外	125
嘲　鸡	126
嘲　犬	127
春日杂兴	128
为鸠语	130
岷阳郊外	131
卅　年	132
牵船行	133
道上作	134
东湖苏文忠公祠	135
友人索画山水，即题数句以赠	137
手　炉	138
眼　镜	139
弃妇词	140
咏史（二首）	141
送子能之云南	144

悯鸠词	145
六月十五日夜月	146
七夕后见鹊有怀冯子能	147
偶　成	149
秋日书怀	150
偶成六言一首	151
笔诗二十一首	152
黄　鹂	156
论诗杂诗	157
山行归路口占	159
看　花	160
杨　花	161
同人夜饮龙渊阁	162
六月二十一日骤雨	163
山中访友不遇	164
壮　志	165
雪　后	166
立春前一日郊行有怀	167
人日立春	168
春夜枕上口占	169
燕　垒	170
蜂　衙	171
蚁　阵	172
蚊　市	173
蚓　笛	174
萤　灯	175

秋日野寺独步	176
玻璃鱼盆	177
自题山水	178
塞上曲	179
重兴寺踏青晚归	180
盆中水仙花	181
春日偶成	183
寄子能二首	184
题《列仙传》后	186
夏　夜	188
留　须	189
子能书久不至，今秋粤匪犯楚，西南道路愈梗，怆然有感	190
羸犬叹	191
饮酒杂诗（四首）	192
西　风	194
习　勤	195
慎　交	197
敦　本	198
安　命	199
得子能呈贡任中书	200
听侯仆话云南风土	202
暖　鞋	203
雪　帽	204
方　镜	205
圆　窗	206
绛　鸽	207

白　驼	208
天将雪为潘某作	209
题《小仓山房诗集》后	210
偕人郊外纳凉	211
晓　望	212
自题秋江晚泊图	213
无题六首	214
秋夜酒醒园中步月作	217
壮心未已，梦把刀自磨，声霍霍然。醒后闻竹拂檐前，殆其响也，戏赋一绝	218
雪中饮酒放歌	219
雪后遇莲花峰下	221
晚行临洮道上	223
金城元夕	224
哭姜小山先生十二首	225
金城旅夜枕上口占	235
晓　发	236
春日睡足即事	237
哭五妹三十韵	238
诗成后意有未尽，复作断句七章	241
哭沈朗亭尚书（四首）	245
归　燕	249
书感（七首）	250
除夕对酒歌	257
二月十二日书感	258
即　事	259

守　城	260
城上作	261
出　门	262
卓尼书感	263
卓尼即事	264
发卓尼	266
番村寓目	267
移家番村	268
书愤（六首）	270
偶　成	275
移家洮河之南	276
新　燕	277
闻卓尼警信	278
寓　目	279
中秋对月	280
赠绳亭吕茂才（二首）	281
题吕仙像	283
塞上曲	284
九日独登青石峰	285
乱后白酒难得，山中所酿者味最薄。不得已，取而饮之， 　　久亦觉佳，遂醉后作长句	286
山中晚眺	288
山中即事	289
对　酒	290
读《梨云诗钞》赠王心如	291
夏日河干垂钓	293

客中冬夜有感（四首）	294
旅夜枕上口占	296
冬　至	297
邨　夜	298
谢友人惠木炭	299
游山寺	300
除　夜	301
元　日	302
甲子元日闲步立春日	303
元　夜	304
春初苦寒	305
连日晴和，觉有春意	306
春日感怀（六首）	307
无　题	312
关山月	313
乌夜啼	314
行路难	315
雪后吟	317
书感（五首）	318
山中即事（三首）	321
咏　古（十二首）	322
无　题	337
洮州八景诗	338
西倾禹迹	345
东陇阳辉	347
松岭积翠	349

卷 三

六月十二日作（三首）	353
双雌篇	355
游崖间寺	356
登西岭望长河之险，过山与僧译番经至午而归	357
暮秋即事	359
元　夕	360
柳　絮	361
单衣野行	362
所寓秋谷村为贼焚掠	363
移居山寺杂兴（五首）	364
遣　怀	367
立秋日作	368
十月十五日贼陷洮州城	369
春晚野望	370
客　窗	371
偶　成	372
雨　后	373
晚　望	374
夜　起	375
萤	376
五旬自寿	377
红　叶	378

011

客　舍	379
出　塞	380
从善亭指挥登白石山阅番兵	381
塞外作（二首）	383
宿买吾寺	385
宿穹庐不寐	386
途　中	388
塞外感怀	389
书　恨	390
山　行	391
客有谈邓公桥之险者戏作小诗	392
旅店书感	393
杨善亭招饮署中	394
书　怀	395
为杨善亭画《春山归牧图》即题一诗	396
秋　夜	397
临潭旧址吊李西平父子	398
山行六言	400
白　菊	401
冬　夜	402

卷　四

道上遇雨	405
新　笔	406

古　砚	407
茶色眼镜	408
山居杂诗（四首）	409
雾（二首）	413
夜　坐	414
老　将	415
即　目	416
柳枝词（四首）	417
雪　花	419
冰　花	420
灯　花	421
浪　花	422
渔父词	423
牧童词	424
樵客行	425
田家行	426
寄冯子能	427
野　寺	429
流萤词	430
闲　游	431
杂诗五首	432
偶　成	439
秋　夕	440
宿山寺忆东坡次守望小诗即用其韵	441
明河曲	442
七　夕	443

放歌（三首）	444
题友人所画黄雀捕蝉图	446
冬夜偶成	447
即　景	448
对镜戏作	449
夏日闲步谷中见崖洞深邃，冰雪犹未释也	450
乱后初至洮城	451
宿城中	452
七夕阴雨连绵，至中秋尤甚，戏作一绝	453
附：龙同治十年七月旧洮事	454
附读书	456
谢陈辉山校订拙集	464
跋　赵继园先生诗集后	466
附　录	467
编　后	471

前　言

赵维仁（1822—1874），字心泉，号继园，甘肃省临潭县新城西街人，工诗画。清道光二十三年（1843）以明经中优贡，此后屡考不中，遂远游秦、豫、晋、冀。归乡后，常居故里，流连山水风光，耽于吟咏。清同治年西北乱起，避居洮河南岸藏村秋谷（今属卓尼县木耳镇），直至乱平。同治十三年（1874），任灵台县教谕，同年卒于任上。

赵维仁是临潭县历史上唯一一位有完整诗集留存至今的诗人。所著诗集《继园诗钞》四卷，在他在世时，经过年长于他的临潭另一位著名诗人陈钟秀的校订。这由他的《谢陈辉山校订拙集》一诗和陈钟秀《酬赵心泉见赠》可确切知道。只是经陈钟秀校订的《继园诗钞》原稿今天已不知下落。1938年5、6月间，我国著名历史地理学家顾颉刚等人从事西北考察来到临潭，与曾肄业于北京大学地质系的临潭新城人、赵维仁之孙赵明轩相见。赵明轩拿出《继园诗钞》，请顾颉刚等览阅，顾颉刚看后不禁赞赏有加，即题序归还。

与顾颉刚同来临潭的王树民在其《洮州日记》中提到他当时所见到的《继园诗钞》："《诗钞》为未刊稿，余稍读之，前半多欢欣鼓舞之词，后则多怨，盖时使然也。"顾颉刚、王树民他们当时看到的《继园诗钞》，是经陈钟秀校订的《继园诗钞》，还是另外的稿本，不得而知。其时距赵维仁去世已六十多年了。1983年夏，原临潭县人事局（今人社局前身）干部陈建中因公出差到临潭县总寨乡（今与原新堡乡合并为洮滨镇）族尼村，无意中见到了陈钟秀校订、临潭清代廪生赵学健手抄的《继园诗钞》四卷（姑称为赵抄本）。欣喜之余，便借来手抄一部（姑称为陈抄本）。此后，甘南藏族自治州州志办公室王俊英、李宗宪又据陈抄本蜡板刻写油印若干套（姑称为油印本），分赠友好。继之，已故原临潭新城西街小学张汉隆老师也据陈抄本用毛笔小楷抄录一部。赵学健为临潭清末民国时人，系清岁贡生，热心地方教育，曾大力协助时任洮州厅守筹划重建莲峰书院。其是否为赵维仁族人，亦无所考。赵学健抄本今虽已不知下落，但万幸的是，《继园诗钞》的墨稿仍留存在世。2009年，笔者从赵维仁家族后裔、原临潭县农机监理站站长赵宏明处见到了诗集的墨迹稿。诗稿分两册，一、二卷订为一册，三、四卷订为一册。诗稿开头，粘贴有清末洮州厅同知李日乾，洮州儒学教授、皋兰举人李源泉于清光绪十一年（1885）的阅后题记墨迹；以及时任洮州莲峰书院山长、伏羌（今甘肃甘谷）进士魏立于清光绪十三年（1887）题跋墨迹。墨稿卷一首页署有"洮州赵维仁心泉甫未定稿"字样，并钤有一方矩形汉印风格的朱文闲章，印文为"见笑于大方"。卷三首页第一行署有"临潭赵维仁心泉甫未定稿"字样，未钤"见笑于大方"印章。似补录于民国时期。诗稿第一册（卷一、卷二）最后一组七律《洮州八景诗》（共11首）笔迹字体与前面明显不同，相比之下，要粗劣得多。此前字体笔迹均出自同一人之手，初为工整楷书，后渐杂行草，笔法精到，字体爽健俊雅。或为作者赵维仁本人墨迹。从《洮州八景诗》开始，到第二册（卷三、卷四）末，为另一人笔迹，全以潦草行书写成，书法大不如前，行笔时见粗率。当是他人续抄。从卷一、卷三首页的"未定稿"字样推断，应该不是陈钟秀校订稿。笔者将墨稿全部拍照，刻录光盘两张。一张自留，另一张随后连同墨稿一起奉还赵宏明先生。后又复制一份赠县志办主任马廷义。2017年，政协临潭县文史委彭世华主任与牛玉安老师据油印本及从马廷义处得到笔者复制的电子版墨稿，做了文字整理校订，未加注释，于2018年8月，以《临潭文史资料第十辑》的形式，由甘肃民族出版社正式出版，但不知何故，遗录了近百首原作。

2019年，笔者先后借到马廷义及其好友临潭城关马国良先生保存的油印本、同窗张晓明保存的其父亲张汉隆老师的抄本，仔细比较各种稿本异同，发现墨稿卷二中有近百首诗，油印本、县政协校订本及各抄本中均无录存。卷一中也有个别诗作诸本无录。由此可知，陈建中当初得到的经陈钟秀校订的赵抄本已经是一个残本，缺失了原稿中近百首内容。另外，油印本及各抄本中，少部分诗作所在卷次也与墨稿稍有不同。而彭世华、牛玉安校本，内容及卷次与油印本相同，显然是以油印本为准，以墨稿为参考的。

油印本、校订本、各抄本，对于《继园诗钞》的保存和流传自有其不可替代的价值。而其文字的互异，以及原诗中大量难为普通读者知晓的词汇、典故、地方性掌故，仍然有待恰当的厘订和说明。鉴于此，笔者不揣愚陋，决定以墨稿照片为底本，参考各抄本及油印本、校本，将《继园诗钞》全部作以整理校注。校注遵循以下几条原则：

第一，各卷次划分及诗作次序以墨稿为准。经陈钟秀校订的《继园诗钞》原貌既已难觅，流传下来的残本又几经辗转抄写，文字互有出入，而部分诗作在各卷中的次序与墨稿亦有所不同。《继园诗钞》所有诗作凡标明具体时间的，一律是按照时间先后为次序的。在墨稿中不少地方，作者特别注明了某诗在某诗之前或之后，说明作者对具体诗作的排序是非常在意的。而墨稿应是反映了作者当时写作的最初次序的，它与作者的履历相关。因此，墨稿中各诗的次序不应忽视。

第二，各本文字互异的，明显系传抄讹误的，直接纠正。数说皆通的，参酌各本，择善而从，并在注释中适当加以说明。

第三，注释着重于较生僻的字词典故和地方性人、地、事内容。有少量此类内容难以查明出处或含义的，则付诸阙如。

第四，墨稿中所有诗作全部予以校订录存。由于赵抄本遗失，此后各抄本也仅为残本，因而陈钟秀校订时，对原稿做了哪些取舍扬弃，不得其详。墨稿中，有少部分诗作作者标明删去。但笔者觉得，标明删去的诗作，作者自己或不尽满意，但今天看，未必没有保存下来的价值。何况，昔日洮地偏远，社会动荡频繁，文献不足，凡能有幸留存至今者，俱成吉光片羽。故此，墨稿诗作，现经整理，共存诗468首，一并予以录存保留。若先贤有知，当不怪罪后来者浅薄多事。

第五，附录有关资料，为深入研究者提供方便。主要是笔者目前能找到的赵维仁其他零星撰述，及其家世等史料。

这里特别需要指出的是，近年来，中国作协帮助临潭县当代本土作家先后出版数十部文学作品，其中也包括诗词作品集。这些文学作品集的出版，在树立临潭文化形象、打造临潭文化品牌方面，发挥了非常好的作用。2022年年初，中共临潭县委、临潭县人民政府根据临潭县深厚的诗词文化传统、当代日益繁荣的诗词创作，决定开展"中华诗词之乡"创建活动。这无疑是传承和弘扬祖国优秀传统文化、树立中华民族文化自信的重要举措。值此之际，整理出版临潭历史上优秀诗人的诗集，也应是"中华诗词之乡"创建活动的题中应有之义和远见之举。而中国作协将《继园诗钞》的校注出版列入帮扶计划，必将使临潭这一长期被湮没的珍贵文化古籍重见天日，使临潭深厚的诗词文化传统为更多的人所了解和热爱，临潭"文学之乡""诗词之乡"的形象也将更加丰富饱满。也诚如顾颉刚先生所言："使外方学者盛知西倾之麓，有诗人赵继园也。"我们为临潭先贤骄傲，也为临潭文化骄傲！

张俊立

2023年8月

序一①

颉刚去年奉命来甘，所至人闻狄道吴松厓先生诗，②私以为清代甘肃诗人，仅吴先生一人耳。及到临洮，得读张康侯戒菴③诗草，其才气汪洋，其文字奇丽，以为在松厓之上。始叹湮没者之多也。顷来临潭，得读赵心泉先生《继园诗钞》，描写当地风物，抒以个人襟怀，独往独来，不局促于古人范围中。其论诗杂诗云："我持一枝笔，出与古人战。"又云："有我方有诗，是为诗言志。"足见其诗才横溢，天赋之创造力至厚。而又身丁离乱，避难番村，哀音慷慨，读之酸辛，其足为临潭史料者甚多。赵氏善于保存，迄今七十年，累经兵燹，犹得握持无恙，实先生灵爽所凭也。其愿不加砍削，付诸剞劂，使外方学者盛知西倾之麓，有诗人赵继园也。承明轩同学④出示此稿，敬题数语而归之。

【注】

① 序一：顾颉刚于1938年5月至临潭期间所作。文录自《临潭县志稿·艺文》。

② 吴松厓（1721—1797）：甘肃临洮诗人吴镇，字信辰，号松

崖。清乾隆十五年（1750）中举，授陕西韩城教谕，迁山东陵县知县。后在湖南沅州知府任上，罢官归里，主讲兰山书院。著有《松花庵诗草》等。

③ 张晋（1629—1660）：字康侯，号戒菴，明末清初临洮人，自幼聪慧过人，23岁举乡试，24岁中进士，博学多才，擅长诗文，26岁任刑部观政，次年任江苏丹徒令。清世祖顺治十四年（1657），兼乡试同考官时，因主考官贪贿舞弊事件受处分，张晋也受到牵连。清世祖顺治十七年（1660），抑郁而殁，年仅31岁。

④ 明轩同学：赵明轩（1903—1973），名赵文炯，字明轩，临潭人。肄业北京大学地质系，曾任临潭一中第一任校长。与顾颉刚同至临潭的王树民在《陇游日记》中称赵继园系赵明轩之祖父。

序 二

合观全稿，冲逸淡远，性情独真，是得力于魏晋六朝，不落唐人窠臼者。集中咏古诸作，识解卓越，独具只眼，能发前人所未发，尤见读书得间，足以推倒一时豪俊。佩服！佩服！读竟率题五十六字而归之："一卷吟成字字新，性情流露见天真。羚羊挂角浑无迹，野鹤盘云别有神。论古识高超往哲，感时念切志斯民。名山留得千秋业，好继书香属后人。"

惕如李日乾[①]并识

【注】

① 李日乾：字惕如，云南人，光绪十年（1884）任洮州同知，在任九年。其间，明断如神，素行平粜法，体恤民困。尤好造士，恢复扩建洮州莲峰书院，又新立义学，洮州士风为之一盛。生平事母至孝，常奉母命，为寒丐施衣粥。母殁，哀毁过甚，解任去，年余而卒。《洮州厅志》有传。

序　三

　　临潭赵继园先生，耽吟咏，善古文。乙酉夏（光绪十一年，1885），先生喆嗣（书字乾庵）茂才以先生稿示余。欣阅之下，见其古、歌、律、绝诸体具备，而皆洗尽铅华，独标真歌。盖其导源六朝，不独沉浸于有唐也。观先生论诗诸作，可以想见。先生之造诣□然。中有述事诸首，实写离乱景象，而题独标无题。案唐人无题作，首推李义山，而写情率以风情。即考之近人，亦莫不然。先生于前六首，虽标从删，亦见老去诗律之细。究之标题总所未安，学人谊在规正，谨以语先生喆嗣，再质高明焉。至于先生诗境之深，造目不相掩，而先生之古文，予虽未见，亦可想见其大概也夫。

　　时在光绪乙酉（1885）六月中浣。署洮州驿、金城后学李渊泉[①]谨志。

【注】

① 李渊泉：据《洮州厅志》卷十《职官·教授》载，李渊泉，皋兰举人，光绪十一年（1885）署洮州儒学教授。另据清光绪年间洮州同知李日乾撰《重修莲峰书院记》载，李渊泉曾参与洮州莲峰书院重建事宜。

卷一

园 居

结庐好在百花间,①偷得芸窗日日闲。②
竹影分凉侵锦幔,③松声挟怒撼云山。
偶抛书卷听莺语,不下帘钩待燕还。
天与此身宜啸傲,休将名利问尘寰。

丁酉(道光十七年,即1837年)

【注】

① 结庐:作者故宅地址在今临潭县新城西街,占地颇广,有宅院数进及后花园,临街有铺面。今原址有后裔建于1893年之卷棚瓦房一座,但已转卖他人。此诗作于作者十五岁时,初见作者淡于世俗利禄的性情。
② 偷得:即暗自寻求。芸窗:指书斋。芸,植物名,亦单称芸,花茎叶皆富于香气,供药用;又叶之汁液可消毒虫之毒。《辞海》:"芸窗,书斋也;藏书以芸辟蠹,故亦借芸以称书斋。《梦溪笔谈》:'古人藏书辟蠹用芸香。'冯延登《洮石砚诗》:'芸窗尽日无人到,坐看元云吐翠微。'"
③ 锦幔:锦制的帐幕。

书斋即事

终日掩柴扉,①书斋客至稀。
不知春雨过,但见杏花肥。

【注】

① 柴扉:用树枝编扎成的门,比喻简陋。

春寒二首

春寒芳事怅千回,赢得莺声日日催。
一月连经红杏雨,杏花仍未隔帘开。

几日融和几日凉,斋中冷暖费商量。①
东皇故意迟春信,②勒住百花不放香。

【注】

① 费商量:难以调理适应的意思。与"乍暖还寒时候,最难将息"同意。
② 东皇:司春之神。

新晴与冯子能分韵得又字①

倦眼乍开新晴后,怪底园林生锦绣。
不风不雨最清幽,一花一木皆竞秀。
我爱晴空净无云,倒影池塘生绿皱。
我爱晴岚翠欲流,叠岩危崖石骨瘦。
我爱晴帘挂玉钩,紫燕衔泥频驰骤。
我爱画栏曲复斜,町畦经雨种蔬豆。
况值凤纪闰重三,②杂花争放如兰臭。
檐外游蜂闹午衙,③枝头鸟语成节奏。
一窗红日读书声,宝鼎香残迟永昼。
偶来独向三径行,恍在羲皇上宇宙。④
渐看名花次第开,把酒高歌何妨又。

辛丑(道光二十一年,即1841年)

【注】

① 冯克勋(? —1866?)字子能,临潭新城人。清咸丰辛亥(1851)举人,咸丰二年(1852)恩科三甲第一百零八名进士。据民国《临潭县志稿》,冯克勋始任云南呈贡县知

县，在任六年，政清讼简，民心悦戴；后迁昭通府大关同知，竟卒于官。民国王心田《大关县志稿·官师志》载，冯克勋于清同治四年（1865）任大关厅同知，同治五年（1866），即由他人接任。据以上各方志，冯克勋于清同治四年（1865）任大关厅同知，约一年即卒于任上。

② 凤纪：犹凤历，岁历之意。重三：即上巳。指农历三月初三日。据此，这首诗应作于当年三月。

③ 午衙：午时官吏集于衙门，排班参见上司。亦用以形容午间群蜂飞集蜂房之状。这里指后者。

④ 三径：汉代杜陵蒋诩归隐乡里后，在房前曾开三条小径，只与隐士羊仲、求仲往来。后常以三径代称隐士住宅庭院。羲皇上宇宙：即羲皇以前之世。羲皇，传说中的古帝王伏羲氏。古诗文常以羲皇上人来比喻无忧无虑、生活闲适的人。此诗作者写趁着春光烂漫之时，读书饮酒的愉快惬意。

虞美人花①

垓下哀歌罢,名花尚美人。②
相看红似血,肠断楚江春。

【注】

① 虞美人花:罂粟科,亦称小罂粟。其花叶轻薄细软如丝绸,洮地俗称"绸子花"。诗就花名花色起兴,为虞姬一唱挽歌。
② 垓下哀歌:即项羽被围垓下时所唱"力拔山兮气盖世,时不利兮骓不逝。骓不逝兮可奈何,虞兮虞兮奈若何"之英雄末路悲歌。尚:尊崇。

寒食日登高

不雨不晴冷节天,踏青独上翠微巅。
朝来都罢千家火,尚有柳丝似碧烟。

秋　阴

无限秋凉至，阴云况四环。
天低沉远岸，雾重失寒山。
抱叶蝉声静，栖梁燕语闲。
最怜篱菊冷，浥露尚斓斑。

夜　雨

檐滴兼蕉响，宵来听未休。
雨丝遥湿梦，寒意欲登楼。
宝鼎三更火，书斋一榻秋。
无端眠不得，万树尽飕飗。

古镜二首

江心曾记铸青铜,万种嫔妍一照空。①
安得双眸能似此,遍观十二万年中。

绿晕朱斑总可珍,好从秋水想精神。②
秦时镜与秦时月,一样曾经照古人。

【注】

① 江心曾记铸青铜,万种嫔妍一照空:以月比镜,是说月升中天,映照江中,上下一片澄澈空明。
② 绿晕朱斑:指铜镜上的锈斑。秋水:秋水澄净如镜,故比拟为镜。两句是说,由铜镜锈斑想象镜中曾经照出的姿容情态。

两首写古镜诗,一以月比镜,一以秋水比镜。俱见作者妙想。

过野狐桥①

野狐渡,水迢迢。两岸石,架作桥。
我来过此雪正白,问桥可有题柱客?②

【注】

① 野狐桥:在岷县西大寨洮河上,此处洮河刚出洮州辖境,河面狭窄,两岸岩崖峙立,几跃马可过。据《岷州志》载,桥始建于明成化年间,初设驿所,古为洮、岷间要道。今原桥已毁,近旁修有钢筋混凝土桥。桥左岸仍有旧日废堡一座,不详年月,或原系驿所亦未可知。清康熙二十六年《岷州卫志·驿所》:"野狐桥递运所:原设募夫,今俱裁。"清康熙四十一年《岷州志》第四卷《建置·驿所》:"明时尚有宕昌驿,野狐桥递运所。今宕昌无驿,改设铺递。野狐桥所,惟存遗迹而已。"

② 题柱客:指立志求取功名显达的人。典出《华阳国志》卷三《蜀志》,汉司马相如初赴长安,经成都升仙桥,题句桥柱:"不乘高车驷马,不过汝桥下。"作者清道光二十三年(1843)以明经中优贡,此诗或作于赴西安参加明经贡试途经此桥时。

春

春雪覆春城,芸窗向晓明。
也能融地脉,①胜雨在无声。

雪壬寅(道光二十二年,即1842年)

【注】

① 地脉:指地下水。

夏日同冯子能登云山观①

峰好如云起,登临一豁眸。
树摇青堕地,山涌绿围楼。
晓日千家雨,空堂六月秋。②
昼长无客至,相对语清幽。

【注】

① 云山观:原在今临潭县新城镇城内凤凰山麓。据《洮州厅志·寺观》载,明成化初年洮州守备徐升创建,隆庆五年指挥千户张演重修,后毁。清光绪年间复修。明隆庆五年(1571)《云山观碑记》:"轮奂之盛,为一邑伟观。"彼时云山观胜概可见一斑。原址今建重兴寺。

② 晓日千家雨,空堂六月秋:立云山观,可俯视洮州城内。洮州高寒阴湿,遇雨六月已似在秋。空堂:云山观中的殿堂。

骤 雨

万籁极纷嚣,当阶白雨跳。
风驱千树舞,云挟乱山摇。
屋角禽无语,崖间瀑乍骄。
倏然开霁处,斜日上浮桥。

新　秋

白露如珠夏令终，拟将花事问篱东。
林间一叶打头堕，无限秋心到碧桐。

小斋把卷趁秋晴，便觉胸无俗念生。
偏是西风知我意，隔窗送进一蝉声。

偶　成

秋风何飕飕,吹我窗前竹。
秋叶何纷纷,打我读书屋。
举首望长空,云净清于沭。①
鸿雁自南来,幽响答岩谷。
便觉此时胸,渣滓去幽独。②

【注】

① 清于沭:比洗过还清澈。
② 渣滓:喻心中杂念。

独　坐

独坐空堂冷拂裾，松梢月堕四更余。
炉烟袅尽人未睡，雪影一帘自校书。

晓发石关堡[1]

茅舍鸡争唱,烟村客独过。
鸟从高树下,山入大荒多。
古堠闲云水,[2]春风长薜萝。
自嗟劳碌甚,惭愧谢农蓑。

癸卯(道光二十三年,即1843年)

【注】

[1] 石关堡:不详所在。此年作者考取优贡,此首应当是在由洮州出发,经岷州至兰州途中所作,故应在由岷至兰途中。
[2] 堠:hòu,古代瞭望敌情的土堡。

黄　河

峭壁当关峻,长河一带明。
积烟盘绝塞,飞浪撼孤城。
天际归舟影,高楼弄笛声。
安澜诚有幸,不必定澄清。[①]

【注】

① 安澜诚有幸,不必定澄清:是说若黄河平静流淌,不泛滥成灾,也不必一定要清澈。诗人别有识见。

五泉山西岩瀑布①

四月天气绮罗轻，夏风吹我入山行。
万株杨柳迷离处，入耳忽来波涛声。
冷气逼人散霜雪，一条白练挂峥嵘。
直如玉柱三千尺，阔如湘帘垂朝晴。
层崖破裂石髓泻，龙蟠蛟舞势犿撄。
磐石阻挠水生怒，满天珠玑溅瑶琼。
长林老柏号风雨，龙门雷鼓敲匎匐。②
有时闭目虚悬想，深谷突出百万兵。
山灵也如不羁者，故欲假之鸣不平。
嗟予洮水垂钓客，嘲风弄月如虫鸣。
久居林泉颇郁郁，策骞跋涉来金城。
拂面扬尘浑不耐，到此顿觉神王生。③
心花怒发快无比，十年怀抱一时倾。
俯仰周遭目眩处，冷雨溅衣水盈盈。
安得结庐此泉下，坐看银涛万古清。

【注】

① 五泉山西岩瀑布：诗写兰州五泉山西岩瀑布绝胜，生动逼真。从作者诗集中可知，其赴西安应试，途经兰州，曾逗留风物，游览名胜。西岩瀑布，即西龙口瀑布。

② 匉訇：pēng hōng，象声词。形容大声。

③ 神王：谓精神旺盛。王，通"旺"。语出《庄子·养生主》："泽雉十步一啄，百步一饮，不蕲畜乎樊中，神虽王不善也。"成玄英疏："心神长王，志气盈豫。"

卧佛殿题壁①

梵王宫殿作歌楼,士女纷嚣载酒游。
佛厌繁华常闭目,僧迎权贵惯低头。
青山突兀当窗出,碧水萦回绕砌流。
一抹桃花红似火,好从闹处讨清幽。

【注】

① 卧佛殿：在兰州五泉山。漆子扬《刘尔炘集校释》："明惠帝建文元年（1399）初建。光绪间、民国十二年（1923）几次重修。"

东至淋雨岩①

岩洞宛与长廊同,石泉倒泻来半空。
山灵有意幻奇谲,故教游子豁心胸。
蜂房孔孔作屋漏,钟乳累累滴玲珑。
千点万点互响答,如绳如丝挂当中。
初讶诸天散花戏,旋疑明珠迸鲛宫。
或者山灵也仿璇玑玉衡意,万朵莲花漏滴铜。
否则骊龙抱珠眠石窟,口角流涎睡朦胧。
泉源毕竟来何许,但觉飞洒下苍穹。
冷云逼人咽不得,无须纨扇手摇风。
回忆西岩瀑布何雄迈,东岩又化雨蒙蒙。
各有神奇无标榜,此意令人思化工。

【注】

① 淋雨岩:又叫夜雨岩,在后五泉,阿干河畔。

岷阳道上时赴秦中作①

百二洮流急,其源即故乡。
明知前路远,应笑此身忙。
雾划山腰白,秋描树角黄。
辚辚声未已,无限野花香。

【注】

① 应是前往西安赴试。

晚　行

落日已衔山，轻车临坦路。
前村辨未真，犬吠烟中树。

青门即事①

猩红小帐漾轻罗,八尺湘簟似水波。
燕子飞来天又暮,碧纱窗外雨声多。

【注】

① 青门:汉长安城东南门。本名霸城门,因其门色青,故俗呼为"青门"或"青城门"。汉青门外有灞桥,汉人送客至此桥,折柳赠别。后因以"青门"泛指游冶、送别之处。作此诗时,作者应已到达西安。

夜饮醉白楼①

小饮长安市,青莲旧迹留。
三唐无剩土,②一醉尚名楼。
皓月杯中影,寒蝉树里秋。
长天悬太白,夜夜照金瓯。

【注】

① 醉白楼:顾名思义,即李白醉酒之楼,也就是第二句李青莲所留之旧迹。西安未必真有醉白楼,诗人只不过借指普通酒楼而已。

② 三唐无剩土:大唐已不复存在的意思。三唐:诗家论唐人诗作,多以初、盛、中、晚分期,或以中唐分属盛、晚,谓之"三唐",也代指整个唐朝。

登慈恩寺塔①

登临直傍绮云边，绝顶凝眸意欲仙。
客里渐消游子兴，秦中又值菊花天。
秋澄渭水波声小，日霁终南塔影圆。
百二山川如画本，一齐排着任留连。

【注】

① 慈恩寺塔：即西安大雁塔。在西安慈恩寺内，寺为唐高宗李治为太子时，为追念他的母亲文德皇后而修建的，故称慈恩寺。塔于唐高宗永徽三年（652）在玄奘倡议下建造。

灞 桥

趁着秋光载酒行,灞陵桥畔午风清。
来逢客燕辞秦社,坐看慈鸦起汉营。①
垂柳分开平远势,长河吞尽古今声。
年来雅抱游山兴,太白峰高日正晴。

【注】

① 秦社:指秦地,即陕西。诗人到西安时,应在秋天,正是燕子南归之时,故说"来逢客燕辞秦社"。汉营:指汉代营垒遗迹。

马嵬驿吊杨妃二首

肯听曲江斩禄山,胡奴焉得入潼关。①
三郎毕竟郎当甚,忍把长生负玉环。②

空结来生未了因,梵宫依旧草如茵。
无情最是西天佛,不现慈云覆美人。

【注】

① 肯听曲江斩禄山,胡奴焉得入潼关:两句是说,当初如果听了丞相张九龄的谏言,斩了安禄山,哪里还会有他攻进潼关的事呢?张九龄,韶州曲江人,此处以曲江代指张九龄。新、旧《唐书》载,唐玄宗朝张九龄曾为相。初时,安禄山以范阳偏校身份入朝奏事,态度骄慢,张曾说:"乱幽州者,此胡雏也。"后安禄山因违令致讨伐契丹失败,被执京师问罪,张九龄上奏:"禄山狼子野心,面有逆相,臣请因罪戮之,冀绝后患。"但唐玄宗不许,竟赦免放归。安史之乱起,唐玄宗避难四川,思及张九龄,为之落泪。

② 三郎毕竟郎当甚,忍把长生负玉环:李三郎太不成器,辜负了长生殿里和杨玉环世世为夫妇的誓言。三郎:唐玄宗李隆基,

唐睿宗第三子。郎当：做事散漫不用心。长生：即长生殿。唐宫殿名，唐玄宗、杨贵妃曾于七夕之夜在殿中相誓愿世世为夫妇。白居易《长恨歌》："七月七日长生殿，夜半无人私语时。"

举明经①

一榜高悬入眼明,差堪喜处转心惊。②
分来月桂香无几,说贡南金愧已生。③
权把欢容留贺客,敢将进步当科名。④
河鱼本拟龙门去,点额放归最不情。⑤

【注】

① 明经:科举之一种,即以经义取者为明经。明、清时亦为对贡生的尊称。作者于清道光二十三年(1843)以明经中优贡。

② 差堪:略可。

③ 分来月桂香无几:作者自谦,虽然考取明经,但不过是略微分了些月宫中桂花的香气。旧以蟾宫折桂喻科举考试得中,故如此说。南金:南方出产的铜。后借指贵重之物,又比喻优秀人才。后一句仍然是自谦的话。

④ 科名:科举功名。

⑤ 河鱼本拟龙门去,点额放归最不情:黄河鲤鱼本来就是打算要跃过龙门,变化为龙而去的,如果触额而还,那将是何等不堪。点额:谓跳龙门的鲤鱼头额触撞石壁。作者考取明

经,还是感到幸运的。此后,却屡试不中,遂绝意仕进,漫游山川,同治乱间,避居藏寨,十三年(1874),任灵台县教谕,同年卒于任上,年五十二岁。

长武看晓日[①]

萧关西望秋色老,[②]客路促装天未晓。
轻寒已催薄笨车,[③]一夜霜华压衰草。
曙星明灭天中央,倏看野色转苍茫。
遍地烟云散无迹,青黄一气缀东方。
羲和手擘舆维裂,[④]捧出乌轮鲜于血。
斯时遥望无光辉,恰如烘炉镕金铁。
渐渐一丸升半空,林梢屋角次第红。
丹枫紫菊目炫处,恍疑身到赤城中。
我闻泰岳日观峰顶上,日已三丈鸡初唱。
脚底红云莽万重,眼前云海翻雪浪。
焉得凌空骑茅龙,[⑤]东向沧溟穷形状。
自惭生长在西陲,未能一去穷形状。

【注】

① 诗应作于1843年赴西安参加贡试途中。据此诗,作者当时是取道泾河谷地这一条路前往关中的。诗人赴试,一路观赏奇景,心怀期望。长武:陕西省长武县,位居陕西西北部,泾河中游,与甘肃接壤。

② 萧关：在今宁夏固原东南。是泾河方向进出陕西关中的要道口。
③ 薄笨车：一种制作粗简而行驶不快的车子。
④ 羲和：驾御日车的神。
⑤ 茅龙：相传仙人所骑的神物。

固 关[①]

秋色入汧陇，[②]万壑竞肃爽。
萦回百里间，崎岖少平壤。
石径行千盘，危崖悬百丈。
松竹森当路，巨石何莽苍。
游子争蚁旋，如将层霄上。
心惊口无言，时时神摇荡。
行行绝顶来，渐喜道途广。
山禽午不鸣，风泉寒逾响。
远岫如列眉，白云纷来往。
嗟彼远游人，随处着五緉。[③]
况此万山中，能令精神长。
伫立千仞岗，忘险发奇赏。

【注】

① 固关：在今陕西省西部陇县境内千河边。
② 汧：qiān，汧水，今千河的古称，源出甘肃省，流经陕西省汇入渭河。
③ 五緉：即"五两"，指鞋。鞋一双为两。緉：liǎng，古代计算

鞋的单位，相当于"双"。《诗经·齐风·南山》："葛屦五两。"高亨注：五两或为两止，传写误为止两，又误止为五。止，语气词。

李夫人①

倾城倾国本难逢,②赋罢哀蝉意态浓。③
固宠由来传秘术,肯教复见病中容。④

【注】

① 李夫人:汉武帝宠妃,西汉著名音乐家李延年、贰师将军李广利之妹,早亡,汉武帝为作《悼李夫人赋》。生一子封昌邑王。
② 倾城倾国:形容妇女容貌极美,可使人因之而城倾国亡。李延年《北方有佳人》:"北方有佳人,绝世而独立。一顾倾人城,再顾倾人国。宁不知倾城与倾国,佳人难再得。"
③ 哀蝉:即《哀蝉曲》,曲名,相传汉武帝因思念李夫人而作。后借指悼亡之曲。典出晋王嘉《拾遗记》。
④ 肯教复见病中容:李夫人病中,汉武帝来探视,因恐病容憔悴,为武帝嫌弃,不肯让武帝看见。

西 施[1]

一碧粼粼水满湖,馆娃宫殿久荒芜。
君王留得子胥在,[2]不信蛾眉可灭吴。

【注】

① 西施:又称"西子"。姓施,春秋末年越国美女。被越王勾践献给吴王夫差,成为吴王最宠爱的妃子,致吴王因荒淫而亡国。
② 子胥:伍子胥,春秋时楚国人,其父、兄被楚平王所杀,子胥奔吴,佐吴王阖闾伐楚,破之,掘楚平王墓,鞭尸三百,以报父兄仇。吴以子胥谋而成霸业。夫差继吴王位,伐越,大破之。越王勾践请和,夫差许之,子胥屡谏不听,并赐剑令子胥自尽。后九年,吴为越所灭。

班婕妤[①]

离宫不复翠华临,燕燕飞来正海淫。
幸免淖方成一唾,[②]秋风纨扇自甘心。

【注】

① 班婕妤:汉成帝妃子,姓班,名字已佚。婕妤是皇宫女官名。善辞赋,有美德,始受宠。后赵飞燕姊妹得宠,班婕妤被谮,自请退侍太后于长信宫以防危难,作赋自伤,词极哀楚。其作今传《纨扇词》《自悼赋》等。
② 幸免淖方成一唾:班婕妤有幸免于淖方成的一唾。明张居正《帝鉴图说》载,汉成帝宠赵飞燕,复召飞燕妹,披香博士淖方成知其不祥,唾之,说:汉家以火德王天下,此女祸水,灭火必矣。一唾:吐一口唾沫,表示鄙视、唾弃。

羊　后[①]

司马家儿骨未寒，荧煌翟茀奉新欢。[②]
匆匆一对人休怪，毕竟此时著语难。[③]

【注】

① 羊后：羊献容，先为晋惠帝皇后，"八王之乱"中，屡遭废立，险被杀。晋惠帝亡后，洛阳被前赵将领刘曜攻破后，羊为刘所得，刘乘乱夺取帝位后，立为皇后。

② 翟茀：dí fú，古代贵族妇女所乘的一种车子。车帘两边或车厢两旁以翟羽为饰。翟：长尾山雉。茀：车蔽，古代妇女乘车不露于世，车之前后设障以自隐蔽。

③ 匆匆一对人休怪，毕竟此时著语难：《晋书》载，刘曜宠羊献容，立为后，曾问："我比司马家小子怎样？"羊答："怎能相提并论？陛下是开国圣主，他是亡国暗主，不能保护自己和妻儿。虽贵为帝王，而使妻子受辱于凡夫，那时臣妾真有去死的念头，哪里还能想到会有今日。我出生于高门世族，常以为世上男子都是如此。但自侍奉陛下以来，才知道天下真有大丈夫。"后人因此讥羊后"居辱疑荣"。古代乱世，妇女即便贵为皇后，也命不由己。作者对其任人摆布的命运深表同情。

张丽华[1]

月样宫门傍晚开,红颜玉兔共徘徊。
痴心妄拟游天上,却到景阳井底来。

【注】

[1] 张丽华:南朝陈后主宠妃。陈后主曾筑临春、结绮、望仙三阁,以复道相连,张丽华住结绮阁。隋军破陈都建康(今南京),陈后主与张丽华躲入景阳殿旁井中,被俘后张丽华被处死。

秦国夫人①

临波新曲奏喧哗,百万缠头亦太奢。②
毕竟阿姨何破费,金钱本自出官家。

【注】

① 秦国夫人:杨贵妃八姊,唐玄宗封为秦国夫人。
② 临波新曲:临水演奏新谱的曲子。缠头:古代歌舞者常以锦帛裹头,以为装饰,后因以称赠给歌伎舞女的绸缎、财物。权贵豪奢侈靡,挥霍的尽是百姓血汗。参看杜甫《丽人行》。

上官昭容[①]

清歌方罢操文衡,[②]两首新诗仔细评。[③]
自是簪花人得意,新收沈宋作门生。

【注】

① 上官昭容:即上官婉儿,复姓上官,陕州人,唐代女官。祖父上官仪为唐高宗时宰相,因起草废武则天诏书被武则天所杀,随母郑氏配入内廷为婢。其聪慧能文,年十四武后召见,掌制诰多年。唐中宗时封昭容,曾建议扩大书馆,增设学士。代朝廷主持诗文活动,品评天下诗文,引领文风。李隆基发动唐隆政变,杀韦后,上官婉儿同时被杀。李隆基登基后令人编辑其文集二十卷,今不传。《全唐诗》存其诗三十二首。
② 文衡:旧谓判定文章高下以取士的权力。评文如以秤衡物,故云。
③ 两首新诗仔细评:指评定沈佺期、宋之问的两首奉和诗之高下。事见《唐诗纪事》。袁枚《上官婉儿》:"论定诗人两首诗,簪花人做大宗师。至今头白衡文者,若个聪明似女子。"

红 拂[①]

谁信紫衣是女娘,叩关夜半太仓皇。
风尘一样英雄眼,郎自择妾妾择郎。

【注】

① 红拂:隋权相杨素侍妓,姓张,名出尘。李靖以布衣谒素献策骋辩,姬妾罗列,出尘执红拂,有殊色,独目靖。其夜靖归逆旅,出尘奔之曰:"妾杨家红拂妓也,丝萝愿托乔木。"乃与俱适太原。明张凤翼撰有《红拂记》。

关盼盼[1]

一脱舞衣百种愁，惟知忍死度春秋。
反缘多事香山老，[2]惹得人知《燕子楼》。

【注】

[1] 关盼盼：唐徐州妓，张尚书建封妾。一说，系建封子张愔之妾。盼盼善歌舞，又工诗。张殁，盼盼念旧爱，独居张氏旧第燕子楼，历十余年不嫁。白居易赠诗讽其死，盼盼得诗泣曰："妾非不能死，恐后世以我公重色，有从死之妾玷清范耳。"乃和白诗，旬日不食而卒。
[2] 香山老：白居易，号香山居士。有感关盼盼事，作《燕子楼》诗三首。

王昭君①

穹庐梦稳月轮高,无复归期卜大刀。
试看三千诸女伴,几人臂印挂红膏。

【注】

① 王昭君:名嫱。西汉南郡秭归(今属湖北)人。汉元帝宫女。《西京杂记》:"元帝后宫既多,使画工图形,按图召幸之,宫人皆赂画工。昭君自恃其貌,独不肯与,工人乃丑图之,遂不得见。后匈奴入朝,求美人,上案图以昭君行。及去,召见,貌为后宫第一,帝悔之,而重信于外国,故不复更人。乃穷案其事,画工毛延寿弃市。"诗中"无复归期卜大刀""几人臂印挂红膏"两句未详出处。

藏书行

我生嗜书如嗜肉,八簋罗列犹逐逐。①
青蚨不惜掷墨庄,②积书万卷屋亦香。
上溯太古下迄今,盈床叠架尽琼琳。
坐拥百城士之富,③晴窗日作独鸟吟。
人言藏书如藏宝,密缄纱橱休草草。
高庋横陈手不披,铅篇任供蠹鱼饱。④
我道藏书如藏娇,坐对那教抛一朝。
唯日敦敦恒不足,银釭尚欲伴中宵。⑤
况物在人间多藏易招妒,惟有读尽所藏书。
盗不欲窃鬼不怒,而况终童年正少搜罗或可尽四库。

甲辰(1844,即道光二十四年)

【注】

① 八簋:簋,guǐ,古代盛食物器具,圆口,圈足,双耳。周制,天子八簋。逐逐:忙碌的样子。这两句是说,虽已有很多书,但仍忙着搜求更多的书。
② 青蚨:指钱。墨庄:指藏书,书丛。句意即不惜花钱买书。

③ 坐拥百城：有一万卷书，胜似管理一百座城的大官。比喻藏书极丰富。

④ 高庋横陈手不披，铅篇任供蠹鱼饱：这是说，藏书束之高阁，而不翻阅，任凭虫子啃噬。庋：guǐ，置放，收藏，放器物的架子。披：翻阅。

⑤ 敦敦：孜孜不倦貌。银釭：银白色的灯盏、烛台，代指灯。

古 碑[①]

八尺古碑映夕阳,苔花离陆字微茫。
耸身矙屃关心读,约略书年是李唐。

【注】

① 古碑:此首作者墨稿标明删去。

道上纪事

青山抱小村,绿柳覆阴地。
中藏沽酒家,青帘维花骑。①
十五当垆女,娉婷逞娇姿。
簪花两鬓红,染黛双眉翠。
把盏劝客尝,回眸如有睇。
吁嗟嫫姆乡,②此质诚非易。
譬如芦荻丛,孤葩特标异。
莫惜尽千觞,仆夫催振辔。

【注】

① 青帘:又作"槛外"。
② 嫫姆:传说中黄帝之妻,貌极丑。后为丑女代称。

旅舍感怀

停车好趁午前凉,自拂红尘感慨长。
燕子光阴秋信近,槐花驿路客心忙。
欲消旅况频沽酒,贪看新诗久面墙。
莫道廿余年尚少,棘国几度走星霜。①

【注】

① 棘国:即棘场,科举考场。诗人于清道光二十三年(1843)以明经中优贡,时年方二十一岁。此后便屡试不第,遂绝意功名,远游秦、豫、晋、冀等地。未定稿此首末句又作"几回我已败文场"。

唐太宗祠①

太原公子不凡材，②下马先持酒一杯。
骨肉谁原推刃起，③须眉我忆袭裘来。④
膝前早定化家策，海外亦钦命世才。
欲奏秦王破阵曲，⑤荒祠满树鸟声哀。

【注】

① 唐太宗祠：在陕西省武功县城，始建于北宋。
② 太原公子：即唐太宗李世民。其父唐高祖李渊曾为隋末太原留守，故称。
③ 推刃：泛称用刀剑刺杀或复仇。
④ 袭裘：古代盛礼时，掩上裼衣而不使羔裘见于外，谓之袭裘。
⑤ 秦王破阵曲：即《秦王破阵乐》，著名中国唐代宫廷歌舞乐曲，是大唐鼎盛时期的象征，气势不凡。秦王即唐太宗李世民，"秦"是其登基前封号。《辞海》："太宗为秦王破刘武周，军中相与作《秦王破阵乐》曲。及即位，宴会必奏之；后令魏征、褚亮、虞世南、李百药更制歌词，名曰《七德舞》。"

过周太王祠前以日暮未得谒①

千条柳荫古公祠,日暮惟恨酹一卮。
陶穴玲珑环漆水,民风俭朴绘豳诗。②
来朝岂为兴王计,好色翻从数典知。
枣树瓜田遗迹在,教人搔首忆当时。

【注】

① 周太王祠:又称周太王庙,在陕西岐山县。周太王:周文王祖父古公亶父,古公是称号,亶父是名。本居于豳(今陕西邠县)之漆水流域,挖洞打穴而居。因受狄人威胁,又带领亲族迁到岐山之南的周原,以后子孙繁衍,逐渐强大起来,奠定了周王朝基础。

② 豳诗:指《诗经·国风》中的《豳风》,为西周时期豳地作品。

李西平祠①

青年曾记入咸秦，生长西陲更轶伦。②
只手擎天开战绩，③深心比海惧文人。④
疑生圣主忘前日，⑤福亚汾阳步后尘。⑥
手拂征衣来酹酒，临潭我是故乡亲。

【注】

① 李西平：中唐名将李晟（727—793），临潭人。安史之乱后，抵抗吐蕃侵扰，平定藩镇叛乱，维护了唐王朝政权及社会稳定，有再造唐室之功。唐德宗曾叹："天生李晟，为社稷万人，不为朕也。"（《旧唐书·李晟传》）封西平郡王，卒后葬陕西高陵。此首应为作者中明经后游历西安所作。

② 青年曾记入咸秦，生长西陲更轶伦：此应指李晟青年时曾到过长安，但新、旧唐书均未有李晟青年时曾到过长安的记载。据《新唐书·李晟传》，李晟十八岁（天宝三载，即744年）时往河西节度使王忠嗣军中，安史之乱中，李晟在陇右、凤翔一带防边，一直到四十岁后，才入朝成为神策军都将。轶伦：超出一般。

③ 只手擎天开战绩：指李晟率领神策军期间，初从剑南抗击吐

蕃入侵，继而平定河北三镇叛乱，复又平息朱泚称帝叛乱，收复长安。都关系到唐王朝生死存亡的命运，几乎成了支撑唐王朝的擎天柱。

④ 深心比海惧文人：唐德宗时宰相张延赏因与李晟有矛盾，德宗调解，李晟欲主动和解，反遭张延赏进谗，终致李晟被罢兵权。李晟曾说："武夫性快，释怨于杯酒间，则不复贮胸中矣。非如文士难犯，外虽和解，内蓄憾如故，吾得无惧哉！"（《资治通鉴》卷二百三十二）。

⑤ 疑生圣主忘前日：指唐德宗听信谗言，疑忌李晟而罢其兵权。

⑥ 福亚汾阳步后尘：富贵仅次于郭汾阳。亚，次于。郭汾阳，唐代政治家、军事家郭子仪，尊称郭令公、郭汾阳，祖籍山西太原。平定"安史之乱"居功至伟，历事玄、肃、代、德四帝，两度担任宰相，封汾阳郡王。为传说"富贵寿考"典故的主人公。

鸿门坂吊项王①

当筵叱咤欲生风,此日谅难有沛公。
举玦徒劳频顾盼,操刀不割枉英雄。
黄金罍急真人去,白玉斗撞霸业空。
底事重围垓下合,难容一骑返江东。

【注】

① 鸿门坂:楚汉争霸中,项羽和刘邦会宴处,在今陕西省临潼县东,又称项王营。

吊汉高皇

虎狼口里戴头颅,知有生还两字无。[①]
帐外军容千对肃,樽前剑影一身孤。[②]
杀机未肯从谋士,天意公然属酒徒。
自是真王才不死,千秋莫浪说祥符。

【注】

① 虎狼口里戴头颅,知有生还两字无:指赴鸿门宴事。
② 樽前剑影:指鸿门宴上项庄舞剑事。

马伏波祠①

古槐疏冷雨初收,拜问我公矍铄不?
铜柱有铭标万丈,云台无像也千秋。②
泪随蛮水跕鸢下,③书为儿曹画虎愁。④
总使明珠非薏苡,⑤扶风老将可能酬。

【注】

① 马伏波:东汉开国功臣马援,扶风郡茂陵县(今陕西扶风县)人,汉明帝明德皇后之父。事光武,佐帝破隗嚣,又受命征先零羌,肃清陇右;平交趾,立铜柱表功而还,威震南服,拜"伏波将军"。曾说:"丈夫为志,穷当益坚,老当益壮。"后五溪少数民族反,年已六十二,自请将兵讨之。光武帝悯其老,未许。援披甲上马,据鞍顾盼,以示可用,帝笑曰:"矍铄哉!是翁也!"乃使率师出征,中疫卒于军。马伏波祠,指陕西咸阳马援祠。

② 云台:汉宫中高台名。汉明帝时因追念前世功臣,图画邓禹等二十八将于南宫云台,但因避嫌未画马援。

③ 泪随蛮水跕鸢下:意指马援当年南征途中所历之艰辛。《后汉书·马援传》:"当吾在浪泊、西里间,虏未灭之时,下潦

上雾,毒气熏蒸,仰视飞鸢跕跕堕水中。"跕鸢,言瘴气之盛,虽鸢鸟亦难以飞越而堕落。后引以为典,多喻指艰难与险阻。跕:dié,下坠的样子。

④ 书为儿曹画虎愁:马援在南征军中曾写信告诫两个侄子,不要学习为人豪爽好义的杜季良,因为学他如果学不像的话,就会成为轻薄子弟,就像是画虎不成反类犬。《马援诫兄子严敦书》:"效季良不得,陷为天下轻薄子,所谓画虎不成反类狗者也。"

⑤ 薏苡:马援征交趾时,常食一种叫薏苡的植物果实。薏苡能治疗筋骨风湿,避除邪风瘴气。马援回京时,拉了一车欲作种子,人以为珍宝,希望能分一点,分不到的人便说马援坏话,说马援拉的珍珠,以致光武帝对马援产生误解。"薏苡之谤"一语,即比喻被人诬蔑,蒙受冤屈。杜甫《寄李十二白二十韵》:"稻粱求未足,薏苡谤何频。"

董广川祠①

下马陵前万柳枝,广川此地有专祠。
精醇崛起坑儒后,②遴选初逢制策时。③
能令骄王消虎气,④偏教宠佞忌蛾眉。
一篇《原道》《传灯录》,⑤却把明珠故故遗。⑥

【注】

① 董广川:董仲舒(约前194—前114),西汉哲学家,今文经学大师。广川(今河北景县广川镇)人。少治《春秋公羊传》,汉景帝时为博士。汉武帝时任江都相,因言灾异而下狱几死,不久赦免后为胶西相,后以病免。平生讲学著述,推崇儒学,抑黜百家。倡天人感应论。著有《春秋繁露》等书。死后汉武帝赐葬长安,因官吏军民至此皆下马以示崇敬,故称下马陵,后世误称虾蟆陵。其祠在故里河北景县广川镇大董故庄村。依"广川此地有专祠"句,此诗当为作者漫游至晋、冀至董广川故里时所作。

② 精醇:精良纯粹。此处指董仲舒的儒家思想学说。坑儒:指秦始皇坑儒焚书事。全句是说秦始皇焚书坑儒之后,罢黜百家、独尊儒术又被朝廷立为统治思想。

③ 遴选：挑选，选拔。制策：皇帝有事书之于策（竹简）以问臣下，称为"制策"。汉武帝元光元年诏贤良，各"受策察问，咸以书对"，董仲舒、公孙弘等都先后对策。先后三次策问对答，董仲舒讲述了"天人相与之际"问题，史称《天人三策》，为其政治哲学思想的纲要。见《汉书·武帝纪》。后为科举考试所采用，成为国家取士的科目之一。

④ 骄王：骄傲纵恣的君王。董仲舒曾被任命为江都易王刘非相国，刘非为汉武帝同父异母兄，骄横跋扈，并有野心，但知董仲舒为大儒，甚为敬重。董仲舒亦知其为人，委婉规劝其"正其宜不谋其利，明其道不谋其功"。易王称善，打消了非分之想。后又为胶西王刘瑞相，刘瑞亦为汉武帝同父异母兄，更为骄横凶残，但久闻董仲舒大名，故加善待。

⑤ 《原道》：唐韩愈文章，为其尊崇儒家、排斥佛老的代表作。《传灯录》：北宋时期的一部禅宗著作，是一部记载禅宗历代传法机缘的著作。佛家认为，佛法犹如明灯，能破除迷暗，故称。灯或传灯，意谓以法传人，如灯火相传，辗转不绝。

⑥ 故故：屡屡，常常。

苏子卿故里①

室家零落渺难寻，②仗节还乡泪满襟。
须发廿年胡地雪，河梁五字故交心。③
羊归旷野犹秋草，雁唳西风失上林。④
属国官卑麟阁峻，⑤村氓尚自说徽音。⑥

【注】

① 苏子卿：苏武，字子卿。西汉杜陵（今陕西西安）人。汉武帝时以中郎将使匈奴，单于胁降，不屈，被徙置北海牧羊，羁留十九年，方获释，得持节归汉，时须发尽白。

② 室家零落渺难寻：或指苏武自匈奴归汉后父母弟兄亡故、子女流落（事见班固《汉书·苏武传》），或指后裔湮没无闻，或二者兼指。

③ 河梁五字：苏武归汉，故友、汉降将李陵有五言诗送别。其诗有"携手上河梁，游子暮何之？……行人难久留，各言长相思"之句，后因以"河梁"借指送别之地。此诗之实际作者尚无定论。

④ 上林：古宫苑名。秦旧苑，汉初荒废，至汉武帝时重新扩建。故址在今西安市西及周至、户县界。全句指汉昭帝时，

与匈奴和亲，使苏武等归汉，匈奴诡言苏武已死。汉使诈称天子射上林苑中，得雁，足有寄书，言苏武等在某泽中。苏武等乃得归。
⑤ 属国：苏武自匈奴归汉，授官典属国，掌管少数民族事务。去世后汉宣帝令人将苏武等人的像绘于麒麟阁，以示尊崇。
⑥ 村氓：乡野之民。徽音：犹德音，指令闻美誉。

菊前饮酒

前岁青门看菊开,①今年看菊我重来。
西风几阵撩诗兴,故送寒香入酒杯。

【注】

① 青门:汉长安城东南门。本名霸城门,因其门色青,故俗呼为"青门"。此诗从头两句看,或为作者中明经后第二年又赴西安参加举试时所作。

磻　溪①

秦树何苍苍，渭水何浏浏。②
想见波光中，曾照钓鱼叟。
岂其少壮时，遭际厄阳九。③
岂不为贫仕，材质非奔走。④
匆匆八十秋，未足糊其口。
万事已灰心，一竿日在手。
借问此老人，还期车载否？
梦忽兆飞熊，⑤功能成白首。
赐履至泰山，⑥赫烜无与偶。
从兹众《说郛》，⑦夸张靡不有。
璜玉数字传，阴符一尺厚。
黄钺斩妖姬，⑧谰语推桓赳。⑨
贱子请致辞，聊如酹杯酒。
公学本大醇，公功不可朽。
倘非遭独夫，⑩谅已腾骧久。
倘非遇文王，寿唯臻黄耇。⑪
敬义一卷书，公然际我后。
莫惜岁月迟，还为蛟龙吼。

嗟嗟晚达人，乌能出其右。
暗里谁主张？天心诚不苟。
寄语躁进者，莫变岁寒守。

【注】

① 磻溪：水名。在今陕西省宝鸡市东南，传说为吕尚未遇周文王时垂钓处。故以磻溪叟为吕尚的别称。

② 浏浏：水流貌。

③ 阳九：指灾难之年或厄运。

④ 岂不为贫仕：吕尚曾经很贫困。材质：人的才能和素质。奔走：为一定目的而到处活动。

⑤ 飞熊：据《武王伐纣平话》，西伯侯夜梦飞熊一只，来至殿下，周公解梦谓必得贤人，后果得贤人姜尚，当时姜尚正在渭水之滨垂钓。后因以"飞熊"指君主得贤的征兆。

⑥ 赐履：《左传·僖公四年》："赐我先君履，东至于海，西至于河，南至于穆陵，北至于无棣。"杜预注："履，所践履之界。"后因以"赐履"指君主所赐的封地。赐履至泰山：指姜尚助周武王建立周朝后被封齐地，即今山东。

⑦ 《说郛》：笔记丛书。元代陶宗仪编。一百卷。原本已佚，今本乃近人据明抄本刊刻。收汉魏至宋元各种笔记，内容包括经史诸子、志怪传奇、稗官杂记乃至诗话、文论。采用之书达六百余种，其中少数作品世无传本。

⑧ 黄钺：饰以黄金的长柄斧子。天子仪仗，亦用以征伐。周伐殷商时，吕尚曾杖钺誓师。

⑨ 谰语：妄语。谰，lán，抵赖，诬陷。

⑩ 独夫：残暴无道为人民所憎恨的统治者。此处指殷纣王，吕

尚曾事之。

⑪ 黄耇：长寿年老的称呼。耇，gǒu，同"耇"，高寿。《诗经·大雅·行苇》："酌以大斗，以祈黄耇。"

始皇陵①

手剪六王等草菅,②兼皇并帝有谁讪。③
璧惊山鬼遥相寄,④药盼海船久未还。⑤
已把玉棺埋地下,那期银雁落人间。⑥
掘残窀穸烧残土,⑦不比寻常马鬣闲。⑧

【注】

① 始皇陵:位于陕西省西安市临潼渭河南岸、骊山北麓。四周分布有兵马俑等陪葬坑。
② 草菅:草茅。比喻微贱。
③ 讪:shàn,讥笑。
④ 璧惊山鬼:秦始皇三十六年(公元前211),有人夜间于华阴道上以璧予秦使者,令转交秦始皇,并说"今年祖龙死"。秦始皇:"山鬼故不过知一岁事也。"山鬼,即指持璧予秦使者的人。事见《史记·秦始皇本纪》。
⑤ 药盼海船:秦始皇派到海外去给他找不死之药的船队。
⑥ 银雁:据《三辅故事》载,项羽掘秦始皇陵时,从中飞出一只金雁。诗作者写作"银雁"。此连上句是说,秦始皇虽深埋地下,但还是会有人掘其陵墓。

⑦ 窀穸：zhūn xī，墓穴。
⑧ 马鬣：即马鬣坟，坟墓封土的一种形状。亦指坟墓。鬣，liè。

司马相如卧病处

天付多才百种愁,雨丝湿遍茂陵秋。①
病痊去卖《长门赋》,②那管佳人寄白头。③

【注】

① 茂陵:在陕西省兴平县东北,汉武帝陵。司马相如晚年卧病居此。
② 《长门赋》:西汉司马相如作。汉武帝皇后陈阿娇失宠幽居长门宫,以黄金百斤为报酬请司马相如代为写赋言情。赋成,汉武帝读之,颇受感动,复宠陈皇后。
③ 佳人寄白头:司马相如发迹后,渐渐忘了患难妻子卓文君,卓文君作《白头吟》寄之,诗有"愿得一心人,白首不相离"之句。

陈希夷坠驴处[①]

逐鹿中原事可哀,关心每向华阴来。
神仙也抱苍生念,不到承平口不开。

虎战龙争数十年,搅人金鼓到床前。
黄袍一着先生笑,好去华山自在眠。

【注】

① 陈希夷:宋邵伯温《闻见前录》卷七载,五代末隐士陈抟,居华山修道,服气辟谷,寝处恒百余日不起;闻晋后乱世事,每蹙眉数日。曾乘驴去汴州,途中闻宋太祖登基,大笑坠驴,说:"天下从此定矣。"宋太宗时赐号希夷先生。后因以"道士坠驴"为乱世结束,天下趋于太平的典故。

灰　堆①

列圣诗书一炬焚，祖龙迁怒到斯文。②
年来换尽红羊劫，③独上灰堆看暮云。

【注】

① 灰堆：秦始皇焚书处。在陕西省渭南市境内。
② 祖龙：指秦始皇。祖：开始的意思。龙：皇帝的象征。
③ 红羊劫：指国难。古人以为丙午、丁未是国家发生灾祸的年份。丙丁为火，色红；未属羊，故称。宋代柴望作《丙丁龟鉴》，历举战国到五代之间的变乱，发生在丙午、丁未年的有二十一次之多。

孔门燕子故里

一碑突兀色昏黳，大笔先贤故里题。
共说南方游也在，^①曾知吾道入关西。^②

【注】

① 游：姓言，名偃，字子游，春秋末吴国人，孔门晚期著名弟子，以"文学"著称。
② 曾知：一作"浑忘"。关西：陕西关中一带。历代多大儒。

游金胜寺①

驱车坝上回,复入招提境。②
栋宇密连云,竹木森秀挺。
阿罗汉五百,一一像工整。
天际度斜阳,寒花淡秋影。
高阁一声钟,泠然发警省。

【注】

① 金胜寺:原位于陕西西安市城西,清陕西巡抚毕沅在其编订的《关中胜迹图志》中列为第一,寺毁于清末战乱。从此诗看,清道光、咸丰年间,尚宏丽壮观。
② 招提:寺院的别称。

闺　夜

不语挑灯坐，当窗月又斜。
妾能甘寂寞，郎君宿谁家。
秋漏何迟缓，一更即一天。
若教郎君在，不怕夜如年。
欲寄辽阳信，路远乏鸿便。
如何顷刻中，梦里与郎见。
陡觉锦衾薄，旋闻西风恶。
不愁行路难，只是郎身弱。

番马歌

王良伯乐忽已逝,房星不照中原地。①
精气远钟西倾山,山中产马特奇异。
番人养马不耕田,驱马年年易金钱。
千匹远随桓水至,傍林就野作市廛。②
是时观者纷相争,友人邀我我亦行。
但见五花灿成锦,骢骊骄骊不一名。③
枹罕商人虬髯叟,笑言马多属常有。
中一铁驹可空群,骑来试与郎君走。
倏忽据鞍冲人来,眼中便觉不凡材。
短毛隐起旋成菊,④高阔岂惟七尺䮭。⑤
隅目促腕蹄如铁,⑥筋骨坚强更叹绝。
萧萧故作迎风嘶,似把神骏向人说。
初令按辔步康庄,稳如一身据胡床。
旋教小试驱驰力,⑦翩若春燕回凤翔。
久之奔腾追电去,鹰隼摩空快莫当。
嗟嗟!男儿许封万里侯,跨尔去为塞外游。
杀贼归来血满手,鬣间系得月支头。⑧
不然亦许登科早,⑨玉鞭金勒长安道。
与尔得意春风中,十里杏花红应好。

奈何两事我一无,⑩愧作昂藏一丈夫。⑪
髀肉生消全无味,⑫垂涎此马胡为乎!⑬

【注】

① 房星：星宿名，即房宿。古时以之象征天马，因借以指马。此句是说中原已无良马。
② 市廛：集市、市场。句意是说以郊野林边为马匹交易之地。
③ 但见五花灿成锦，骢骝骄骊不一名：不同毛色的良马很多，不能一一指称其名。
④ 短毛隐起旋成菊：指马身上的毛旋作菊花形状。此为良马特征。
⑤ 騋：马高七尺为騋。
⑥ 隅目促腕蹄如铁：描写马的眼睛精彩有神，马蹄筋骨劲健有力。隅目，眼眶棱角分明。促腕，马蹄腕短促。据《相马经》，良马腕须短促，促则力健。蹄须高厚，蹄高则坚硬。苏轼《韩干画马赞》："以为野马也，则隅目耸耳。"杜甫《高都护骢马行》："腕促蹄高如踏铁，交河几蹴曾冰裂。"
⑦ 旋：随即。"旋教"针对上一联"初令"而言。
⑧ 月支：也称"月氏"。中国西北古代民族。秦汉时，游牧于祁连、敦煌间。此处指外敌。
⑨ 登科：也称"登第"。科举考中进士。以下四句用唐孟郊《登科后》诗意。其诗为："昔日龌龊不足夸，今朝放荡思无涯。春风得意马蹄疾，一日看尽长安花。"
⑩ 两事：指杀敌封侯和科举登第。
⑪ 昂藏：仪表雄伟、气宇不凡的样子。
⑫ 髀肉：大腿上的肉。亦为"髀肉复生"的简缩。因为长久不

骑马，大腿上的肉又长起来了。形容长久过着安逸舒适的生活，无所作为。
⑬ 垂涎：羡慕。胡为乎：干什么？

有 感

生物各有觉,智愚判商参。①
痴绝精卫鸟,②不信沧海深。
年年衔木石,兹填碧波心。
羽残口卒瘏,③汪洋仍古今。
嗟嗟徒有愿,幸苦作冤禽。

【注】

① 商参:二十八宿的商星与参星,商在东,参在西,此出彼没,永不相见。后以"商参"比喻人分离不能相见。此处应是比喻智愚之间差距之大。
② 精卫:古代神话中的鸟名。精卫衔来木石,决心填平大海。后比喻意志坚决,不畏艰难。
③ 瘏:tú,疲劳致病。

读王介甫传①

大舜匹夫耳,②陶渔雷泽滨。③
一朝抛蓑去,衮冕忽如身。④
恭己绍尧治,⑤世已转洪钧。⑥
宋贤如文富,⑦成法或可因。⑧
奈何荆川伯,作相无几晨。
青苗令一出,⑨纷更辄频频。
铺张周官法,⑩未富已先贫。
加之蔡吕辈,⑪绍述重扰民。⑫
国脉从此断,二圣遂蒙尘。⑬
亡宋非金元,当思作俑人。⑭

【注】

① 王介甫:王安石,字介甫,号半山,别号王荆公、临川先生,抚州临川(今江西省抚州市)人。性格强悍自信,议论高奇,诗文险峭。北宋政治家、文学家。
② 匹夫:指寻常的个人。
③ 陶渔雷泽滨:舜曾在历山务农,在雷泽打鱼,在大河岸边制陶器,在寿丘造各种家用器物。见《史记·五帝本纪》。

④ 衮冕：衮衣和冕。古代帝王与上公的礼服和礼冠。
⑤ 绍：连续，继承。
⑥ 洪钧：比喻国家政权。钧：制陶器所用的转轮。喻国政。
⑦ 文富：宋仁宗年间曾并为宰相的文彦博、富弼。王安石为相后，二人俱反对其新法。
⑧ 成法：既定之法。
⑨ 青苗令：王安石新法之一。其法以诸路常平、广惠仓所积钱粮为本，在春夏两季青黄不接时出贷给民户。春贷夏收，夏贷秋收。每期收息二分。本意在以低息限制豪强盘剥，减轻百姓负担，但因在施行中弊端层出，反而扰民、增加了额外负担，又遭到保守派的阻挠，终于宋神宗去世后废止。
⑩ 周官法：即《周官新义》，王安石撰。《周官》即《周礼》，记载了许多上古时期有关朝政、法制、典章以及制度等治理国家的文献史料。王安石对其重新加以阐释，并从中形成了自己的变法思想，从而确立实行变法的合法基础。
⑪ 蔡吕辈：蔡京、吕惠卿等人。蔡京，"六贼"之一，为谋取个人利益，开始刻意吹捧变法，掌权后斥逐两派，不择手段。吕惠卿初为王安石变法的坚定支持者和最得力的助手，后野心膨胀，为个人权力与王安石反目，成为变法的破坏者。
⑫ 绍述：继承。指宋哲宗时对神宗所实行的新法的继承。宋神宗年号熙宁、元丰，其时推行新法。神宗死，哲宗嗣立，年号元祐，以年幼，太皇太后高氏主政，尽废新法。八年太皇太后死，哲宗亲政，次年改元绍圣，任章惇执政，以绍述熙宁、元丰新政为名，尽复高太后临朝时所废新法。《郡斋读书志》："后其党蔡卞、蔡京绍述介甫，期尽行《周礼》焉，囤土方田皆是也。"

⑬ 二圣遂蒙尘：指宋徽宗、宋钦宗于"靖康"之难，被金人掳去。

⑭ 作俑：本谓制作用于殉葬的偶像，后因称创始、首开先例为"作俑"。连上句，作者这里认为，使北宋最终灭亡的不是金人和元蒙，远因是王安石变法。

送子能之云南①

去年记君送我时，山花如锦柳如丝。
今年我又送君别，紫菊丹枫秋色洁。
我赴青门君未行，②别恨应知两地生。
君赴南安我不往，③两地重教梦寐想。
岁岁脚踪似转蓬，光阴强半在客中。
人生作客亦常有，一来一往偏不偶。
安得化作长天云，千山万水去随君。

【注】

① 子能：即冯克勋。见前《新晴与冯子能分韵得又字》注。赵维仁于清道光二十三年（1843）以明经中优贡，以后曾五次参加科试，均未中。此诗当非作者中明经之次年，即1844年所作。因冯克勋赴云南任职，必在其中进士之年（即1852）以后。
② 青门：汉长安城东南门。本名霸城门，因其门色青，故俗呼为"青门"。此处代指西安。
③ 南安：所指不详，应是代指云南。

宋 祁[1]

唐书烛下手亲修,问见人家似我不。
富贵神仙都算有,许他自己说风流。

【注】

[1] 宋祁:字子京,安陆(今湖北地名)人。宋仁宗朝进士,曾任翰林学士,和欧阳修合修《新唐书》。

石　崇①

能致绿珠不爱身,②同归谶又及安仁。③
佳人才子都拼死,后世莫轻薄季伦。

【注】

① 石崇:字季伦,渤海南皮(今河北省南皮县)人。西晋时期大臣,以豪富著名。其别墅称"金谷园"。
② 绿珠:石崇宠妾,善吹笛。后赵王司马伦专权,伦党孙秀欲夺之,绿珠跳楼而死。
③ 谶:chèn,将来能应验的预言、预兆。安仁:即潘岳,字安仁,貌美,能文,西晋文学家,与石崇等攀附权臣贾谧,同为其"二十四友"之一。有《金谷诗》:"投分寄石友,白首同所归。"后二人同为孙秀所杀。

王　旦①

能将宰相迟钦若，②反覆总推寇准贤。③
一受明珠为主买，④低头不复议封禅。⑤

【注】

① 王旦：北宋真宗时名相。善于知人，荐用正直厚重之士。深为宋真宗信赖。
② 钦若：王钦若，北宋真宗、仁宗时宰相，为人奸险，善窥上意，迎合宋真宗，伪造"天书"，促成泰山封禅。为北宋"五鬼"之一。王旦曾阻止真宗任用王钦若为相。王旦死后，王钦若言："为王公迟我十年做宰相。"
③ 寇准：北宋真宗朝宰相，王旦临终向宋真宗举荐为相。在宋与契丹冲突中，寇力请主战，终与契丹达成"澶渊之盟"，又因此被王钦若中伤罢相。
④ 一受明珠为主买：连下句是说，接受皇帝赐予的明珠，被皇帝收买，不再反对封禅之事。本来不同意宋真宗封禅泰山，但受王钦若说服，又受宋真宗以赐酒之名赐明珠，对封禅一事阻止乏策，违心上书请求封禅。
⑤ 封禅：此处"禅"字读仄声，未定稿诗人亦自注："禅字属仄声。"

寄子能

别后曾几日,秋光已十分。
有书常寄我,无梦不逢君。
菊酒挑灯坐,霜钟带雨闻。
客中当此夕,可否念离群。

送周仲容归金城①

几年笑语与君同,忽看归鞭促玉骢。
彼此功名成嚼蜡,往来身世类飞蓬。
雁驮秋色寒山外,人唱骊歌落叶中。
一样春华交努力,莫将素履易穷通。②

【注】

① 周仲容:其人不详。
② 素履:比喻质朴无华、清白自守的处世态度。典出《易·履》:"初九:素履往,无咎。象曰:素履之往,独行愿也。"

山居词 (临潭月令词) ①

孟春（正月）

春到茅檐气象新，家家门外聚闲人。
儿童笑语元宵近，社鼓鼕鼕闹比邻。

仲春（二月）

沿村雪释欲成泥，晴日人扶陌上犁。
最是微禽先得气，树梢几处有莺啼。

季春（三月）

上冢人家处处同，郊原吹满纸钱风。
水才清澈山初绿，墙角杏花历乱红。

孟夏（四月）

莫将梅雨拟江南，垂柳描黄绿未酣。
燕语鸠鸣风始软，游人方可话双柑。

仲夏（五月）

绿荫门巷映垂杨，布谷声中日正长。
佳节好邀良友共，一杯酒色艳雄黄。

季夏（六月）

绕屋槐荫面面遮，北窗睡足自烹茶。
招凉尽有薰风过，扑鼻香浓芥子花。

孟秋（七月）

铁马檐前响不停，梧桐叶乍堕空庭。
楼头弱女穿针夜，瓜果堆盘祀巧星。

仲秋（八月）

露下长空夜气清，仲秋天气晚凉生。
卷帘不惜深宵坐，把酒对花看月明。

季秋（九月）

吹残红叶怒风号，新蜜如油好制糕。②
未许诗情秋日减，空山耐冷去登高。

孟冬（十月）

雪花几度舞庭除，③妆得江山玉不如。
正是小阳天气短，④挑灯夜课小儿书。

仲冬（十一月）

莫说光阴一线添，风声撼屋冷尤严。
暖寒只合持杯坐，不为负暄到画檐。⑤

季冬（十二月）

腊鼓声中一岁残，⑥唐花出窖渐凝丹。
焚香自把新诗祭，料理冰鱼入玉盘。

【注】

① 山居词（临潭月令词）：作者墨稿中诗题为"山居词"，又旁标"临潭月令词"，每首后分别标一至十二月。其他油印本、抄本每首分别标题"孟春……季冬"。
② 新蜜如油好制糕：洮地时至农历八月后，当年产蜂蜜始食用，以之作糕，尤有风味。
③ 除：庭院台阶。
④ 小阳天气：即小阳春。秋季将要结束、严冬即将来临时出现的回暖天气。在这期间天气晴暖如春，且时值每年夏历十月，而夏历十月又为阳月，为与"阳春三月"相区别，故名。
⑤ 负暄：晒太阳。
⑥ 腊鼓：古人于腊日（古时岁终祭祀百神的日子，一般指腊八）或腊前一日击鼓驱疫，因有是名。

冬夜读书即事

不梦梨花亦闭门，①虚斋兀坐又黄昏。②
矮炉蓄火寒无力，小砚磨冰墨有痕。
直许开窗延月色，任留落叶护云根。③
应知静里能消夜，一架诗书一酒樽。

门外松阴面面遮，吟窗即此是生涯。
几年壮志劳征马，④一夜寒声急暮鸦。
月渐西流移竹影，书因快读厌灯花。
斋中不用鱼更报，⑤官鼓咚咚直到家。

【注】

① 不梦梨花亦闭门：明唐寅《一剪梅》有句"雨打梨花深闭门"。
② 虚斋：虚静的书斋。
③ 云根：深山云起之处。又指道院僧寺，为云游僧道歇脚之处，故称。此处或借指书房。唐司空图《上陌梯寺怀旧僧》："云根禅客居，皆说旧吾庐。"
④ 几年壮志劳征马：谓数次赴考或远游秦、晋、冀、豫之地。
⑤ 鱼更：即鱼鼓，鱼形木鼓，寺院中击之以报时。

迎　春

连番风信报春回，约伴相迎傍水隈。
逐草有痕缘路见，随花无语过桥来。
也知别我刚三季，会许逢君尽百杯。
此日园亭门几处，呼童扫径一齐开。

送　春

安排杯酒饯东皇，底事匆匆去更忙。
生物功成留退步，落花雨急正催装。
相逢无几行何速，后会有期别不妨。
最是子规啼不住，似宣离恨在垂杨。

造假山

看山何必定须真,拳石移来不厌频。
别有奇情才曲折,妙无成格总嶙峋。
桥欹偶接崖边路,树小时开洞口春。①
更结茅庐三两处,教人知住葛天民。②

【注】

① 洞口:陶渊明《桃花源记》中所记之所,这里取比喻义。
② 葛天:即葛天氏,传说中的远古帝名。一说为远古时期的部落名。葛天民,即葛天氏那时的人。比喻无欲无求、淳朴敦厚。

嵌鱼池

万绿亭前凿小池，无渊也有羡鱼思。
规模好把新荷仿，①澄澈先教夜月知。
波底看花逢雨后，梦中得句忆春时。
此身合似东坡未，②荡漾临风举酒卮。

【注】

① 仿：依作者墨本未定稿作"取"字。油印本、张汉隆抄本皆作"仿"字，彭世华、牛玉安校本作"谢"字，皆未知所本。
② 此身合似东坡未：此引用苏轼"唤鱼池"之典，写嵌鱼池的美好。

山 行

石径渺诸天，登临卓午前。①
林深含宿雨，②谷暗甕流泉。③
衣褐民风朴，如簧鸟语圆。
聊随疲马去，缓步莫加鞭。

【注】

① 卓午：正午。
② 宿雨：经夜的雨水。
③ 甕：wèng，同"瓮"。

晓　发

宿霭初离山，晓鸦争出树。
回首望白云，是侬夜宿处。
振衣怯嫩凉，策马赴荒路。
绝壁暗荆榛，危崖悬瀑布。
野花寂寞红，行行复回顾。
篱落几人家，酒旗留客住。
一杯当晨餐，还向巉岩去。

失路口占

失路匆匆客断魂,沿溪翻得见孤村。
山光树色浑无际,万绿如云拥到门。

卓阳署中[①]

雨过虚堂寂,春深发野桃。
开窗孤塔迥,[②]压屋一峰高。
居久知番语,河流急暮涛。
为逢投辖主,[③]尽日话醇醪。[④]

【注】

① 卓阳署中:即卓尼土司衙门。原有二,一在今卓尼县城,即柳林镇,大神山高耸城北;一在今卓尼县木耳镇博峪村,居洮河南岸,作为临时官署。此处应指柳林镇署,现其地辟为杨土司革命纪念馆。
② 孤塔:或指禅定寺佛塔。
③ 投辖:指殷勤留客。典出《汉书·陈遵传》:"遵嗜酒,每大饮,宾客满堂,辄关门,取客车辖投井中,虽有急,终不得去。"辖,车轴两端的键。
④ 醇醪:味厚的美酒。

仲秋偕同人集文峰赏月①

数年佳节过他乡,寂寞客中懒举觞。
此日才成携酒会,与君同赴选歌场。②
月如有意窥人醉,山本无心笑我狂。
果是千金酬一刻,清欢那复觉宵长。

入耳频闻拇战声,③更分新韵斗心兵。④
雁来别浦秋初霁,人在故园月倍明。
绝顶西风惊四座,满阶凉露湿三更。
夜深独立苍松下,只觉此心似水清。

【注】

① 文峰:不详所指。
② 此日才成携酒会,与君同赴选歌场:未定本此句后作者附记"斯夕演剧"。
③ 拇战:划拳。
④ 心兵:指谈艺论文、吟诗作赋的才思。

嘛噜寺[1]

雨霁孤城晓,山空一寺幽。
寒泉鸣绝壁,衰草赴边秋。
瞻佛来花院,随僧上石楼。
闲情如野鹤,到处即勾留。

【注】

[1] 嘛噜寺:或即玛奴寺,又称马闹寺,属藏传佛教寺院。位于临潭县术布乡阳坡庄村对面,今临潭县城南二公里处,南距洮河五公里。明永乐初年始建于此地。寺垣西倚青山,东临清溪,原商贾往来要道通过这里。寺宇多毁于清末及民国十八年(1929)。

卷二

分　花

名花苦不多，中心殊悒怏。
持斧倚云根，①一株化作两。
随势树町畦，关心勤培养。
相看无几时，枝叶各俯仰。
能分身外身，大异于助长。
主人笑口开，化工在吾掌。②

【注】

① 云根：山石。
② 化工：造化之功。工，同"功"。

种　花

拓地为亭台，疏处以花补。
且令町畦间，浓淡互参伍。
山水花结缘，风月我做主。
花开我必陪，我来花自舞。
眼前与胸中，一齐生意普。
趣自别有真，吾岂学老圃。

乞 花

平生不求人,耻作乞儿态。
一闻有好花,不乞岂能耐。
破晓扣柴门,殷勤劝割爱。
所愿固非奢,一株亦感戴。
窃幸主人贤,持赠多慷慨。
从此继园花,又新添一队。

对　花

名花如美人，钟情曰惟仆。①
罗置满林园，日享妖娆福。
有酒对花斟，有书对花读。
昼则对花居，夜则对花宿。
秀色谓可餐，此语信幽独。
如易吾所好，愿请食无肉。

【注】

① 仆：我，作者谦称。

自题蛱蝶便面①

香须粉翅画图中,迹拓滕王色色工。②
记得南园新雨后,轻罗小扇扑春风。

春来处处逐芳菲,小雨微酣草正肥。
记得咸阳原上路,野花争放蝶争飞。

【注】

① 便面:折扇。《汉书·张敞传》:"然敞无威仪,时罢朝会,过走马章台街,使御吏驱,自以便面拊马。"颜师古注:"便面,所以障面,盖扇之类也。不欲见人,以此自障面则得其便,故曰便面,亦曰屏面。今之沙门所持竹扇,上袤平而下圜,即古之便面也。"《洮州厅志·选举》:"心泉,工诗画。"
② 迹拓滕王色色工:唐太宗李世民弟李元婴封滕王,"工书画、妙音律、喜蛱蝶",所画《滕王蛱蝶图》成为传世之作。世有"滕王蛱蝶江都马,一纸千金不当价"之誉。

自题墨竹

丹青笔底胡不有，惟恨写竹无授受。
枝叶易肖神难真，案头秃笔森如寻。

春来辟地树篔筜，①枯梢瘦竿列成行。
风晴雨露皆成态，绿云一幅截潇湘。

良宵雨过天如扫，明月涌出蓬莱岛。
壁间掩映青青枝，疏密横斜作势好。

对此挥毫发幽思，顷刻纸上墨淋漓。
何必定摹文与可，②看取竹影是吾师。

【注】

① 篔筜：yún dāng，一种皮薄、节长而竿高的生长在水边的大竹子。
② 文与可：文同，字与可，北宋梓州永泰（今四川盐亭县）人。历官邛州、洋州等知州，元丰初出知湖州，未到任而死，人称文湖州。善诗文书画，尤擅墨竹。画竹叶创深墨为

面、淡墨为背之法,主张画竹必先"胸有成竹"。洋州有筼筜谷,多竹,时往观察,因而画竹益精。其从表兄苏轼画竹亦受他影响。

山中晚步

小雨初收后,垂虹破晚晴。
不辞云路曲,来趁野风清。
落日斜人影,飞泉助树声。
烟霞多素愿,值此倍怡情。

赠友山居

小屋临崖起,平林一望间。
窗中时纳月,枕畔亦看山。
妙语随心撰,儒冠到处闲。
喧嚣浑忘却,只有鸟关关。

苦雨有怀

东风吹淫雨,淋漓彻朝暮。
坦然城市间,泞泥艰跬步。
嗟嗟远行人,此时正在路。

偕友晚步

趁此西风好,搴裳落照间。
云将残雨去,秋与野花闲。
雁影横千点,蝉声占一山。
相看苍霭外,隐隐露松关。

春 兴

不放重门启，幽斋事静观。
翻书如访旧，戒酒且加餐。
日暖催花孕，风和鼓鸟欢。
无穷生意普，伫立傍阑干。

习勤惟早起，抱瓮汲流泉。
嫩笋粗于竹，新蒲软过绵。
霞开云乍敛，露重草方妍。
领略朝阳景，如人正少年。

伏枕消春困，谁惊午梦回。
梁高双燕语，窗破一蜂来。
碧缕萦香篆，青痕长石苔。
连朝新雨过，满地净尘埃。

平生无别嗜，辛苦事雕虫。[1]
字笑忙时误，诗从改后工。
忘怀荣辱淡，过眼古今空。
别有千秋想，[2]此身任达穷。[3]

【注】

① 雕虫：雕虫篆刻的省称，指写作诗文辞赋。雕：雕刻。古代没有纸，写字用刀刻在木板上。虫：指虫书，古代书体之一，西汉时蒙童所习。后世"雕虫篆刻"喻词章小技。

② 别有千秋想：另外有一种与世俗之人不同的关于生前死后的想法。

③ 任：听凭，任由。达穷：显达与穷困。

夷齐墓[①]

一饿竟千古,遗踪溯首阳。
苍苔碑碣暗,暮雨蕨薇香。
庙破犹巢燕,山空见牧羊。
蘋蘩村叟荐,[②]莫复问周商。

【注】

① 夷齐墓:伯夷和叔齐,商末孤竹君之二子。相传其父遗命要立次子叔齐为继承人。孤竹君死后,叔齐让位给伯夷,伯夷不受,叔齐也不愿登位,先后都逃到周国。周武王伐纣,二人叩马谏阻。武王灭商后,他们耻食周粟,采薇而食,饿死于首阳山。夷齐隐饿处之首阳山,古今史志所载不止一处,此首作者于题后有原注:"此在陇西者。"即指今甘肃省陇西县首阳山。

② 蘋蘩:蘋和蘩。两种可供食用的水草,古代常用于祭祀。泛指祭品。典出《诗经·召南》之《采蘋》及《采蘩》篇。

偶 成

山径无人至,虚堂寂坐时。
焚香凝碧篆,搔首落青丝。
一盏开新酿,千回改旧诗。
萧萧连日雨,恰与懒人宜。

自　笑

自笑疏狂甚，无须拘此躬。
惟存孺子意，[1]或近古人风。
侍母游花径，看儿斗草虫。
家庭真乐在，穷达任苍穹。

【注】

[1] 孺子：东汉徐穉的字。徐穉，豫章南昌人，家贫，隐居不仕。后亦以指清贫淡泊、隐居不仕者。古《孺子歌》："沧浪之水清兮，可以濯我缨；沧浪之水浊兮，可以濯我足。"见《孟子·离娄上》。

代人寄外[1]

拈毫欲写别来思,先有刍荛望记之。[2]
身本清癯宜戒酒,心多撩乱莫吟诗。
轻寒客里衣常暖,破晓途中饭莫迟。
纵使他乡游兴好,故园人正卜归期。

【注】

① 寄外:妻子寄信或他物给出门在外的丈夫。
② 刍荛:割草打柴的人;比喻乡野间见闻不多、无知浅陋的人。

嘲　鸡

性为猜群妒，毛因好斗残。
不能冲碧汉，徒自着高冠。
逐食喧春圃，贪眠上画栏。
主人留远客，借尔供盘餐。

嘲　犬

近村声渐乱，当户目常瞋。
生就狰狞性，浑忘鄙猥身。
草间随猎马，花外吠嘉宾。
底事频摇尾，残羹乞向人。

春日杂兴

酿花天气看花行,偶折花枝手自擎。
惹得游蜂随处逐,飞来故向耳边鸣。

七尺竹竿作钓竿,科头兀坐小池边。①
奚童悄说鱼儿出,吹得浮沤个个圆。②

小花栽向小盆宜,点缀书窗景亦奇。
生怕花开藏叶底,频将铁线拗新枝。

晴窗向晓染烟峦,又仿所翁写素兰。③
花木因缘丘壑想,自家作个画图看。

回廊敞舍静无尘,又向花间藉锦茵。
酒鼎茶炉随处置,不教委曲苦吟身。

破晓读书午看山,新诗未稳晚来删。
笑侬镇日忙何事,生就闲人更不闲。

壬子(1852)

【注】

① 科头：谓不戴冠帽，裸露头髻。
② 浮沤：水面上的泡沫。
③ 所翁：两宋间诗人、画家郑思肖，号所南，福建连州（今福州连江县）人。擅作墨兰，花叶萧疏而无根土，寓意北宋国土被掠夺，南宋国土失去根基。

为鸠语

为鸠语,莫呼雨。
雨多伤稼农夫愁,雨多作泥行人忧。
但愿只呼稼穑好,秋来有粮汝亦饱。

岷阳郊外

麦浪千畴柳万条,趁凉随处好逍遥。
恰无客思缘家近,为约人游借酒招。
隔岸云来山欲失,长河雨歇浪尤骄。
斜阳满地不归去,待看林间返暮樵。

卅年①

卅年碌碌竟如何，半入诗魔半酒魔。
潘岳身闲缘母在，②向平事累为儿多。③
也知举世推狂士，未必传人定甲科。④
别有千秋心自计，此生或可不蹉跎。

【注】

① 卅年：诗人出生于清道光二年（1822），是年当为清咸丰二年（1852），其时诗人以明经中优贡后，正困于科场。
② 潘岳：字安仁，晋朝中年（今属河南）人，少有才，美姿容，曾因母病辞官。
③ 向平：向长，字子平，河内朝歌（今属河南）人，东汉高士，隐居不仕。子女娶嫁既毕，遂漫游五岳名山，竟不知所终。世以"向平"为子女嫁娶既毕之典。
④ 甲科：明清通称进士为甲科。也用以泛指科举考试。

牵船行

大船逆水千钧重,数十人牵浑不动。
我坐小船一叶轻,两夫力挽上游行。
渡口篙擎随势转,双桨翼翼波心剪。
远山真欲扑人来,堤柳渔村惊过眼。
吁嗟乎!
既不同贵宦舳舻百尺长,旌旗奴仆若堵墙。
又不比居奇拥货学胡商,船头金帛船底粮。
只有一身兼一仆,白驹生刍来空谷。①
但携琴剑与新诗,冲浪如何不迅速。
寄语舵工莫踌躇,船重除非满腹书。

【注】

① 白驹生刍来空谷:此句化用《诗经·小雅·白驹》中句子,原句:"皎皎白驹,在彼空谷。生刍一束,其人如玉。"生刍:鲜草。原诗为主人留客之作,此处诗人化用,未必是说辞别了主人,不过是说身在旅途之中。洮州河流,不能行客船,此首应作于诗人漫游水乡期间。

道上作

迢迢驿路绕清溪,秋草芊芊送马蹄。
深谷风停泉乍响,乱山雨霁鸟争啼。
人于碧树荫中过,天向白云尽处低。
遥望故园何处是,一鞭回指夕阳西。

东湖苏文忠公祠[①]

白藕花开映绿波,酹公许唱采莲歌。
文章千古奇才子,富贵一场春梦婆。[②]
磨蝎无灵诗狱解,[③]飞鸿有迹古碑多。[④]
此间疑是临池地,如墨游鱼聚水涡。[⑤]

【注】

① 东湖苏文忠公祠:油印本及张汉隆抄本题下附注"在凤翔府"。
② 春梦婆:喻富贵无常,无殊梦幻。《侯鲭录》:"东坡老人在昌化尝负大瓢,行歌于田间。有老妇年七十,谓坡云:'内翰昔日富贵,一场春梦。'坡然之。里中呼此媪为春孟婆。"
③ 磨蝎:星宿名。"磨蝎宫"的省称。旧时迷信星象者,谓生平行事常遭挫折者为遭逢磨蝎。诗狱:因所作之诗而引起的讼案,指"乌台诗案"。
④ 飞鸿有迹古碑多:苏轼有诗句"人生到处知何似,应似飞鸿踏雪泥"。苏轼书法居北宋"苏黄米蔡"四家之首,其墨迹碑刻亦多。
⑤ 如墨游鱼:传闻苏轼年轻时常于岷江边洗砚,致鱼食其墨而

变黑。又苏轼有《乌贼鱼说》，论墨鱼呴（xǔ）墨，本为防身，却反暴露了自己。墨鱼：乌贼的俗称。此处诗人或借所咏之事自抒所感，抑或别有寄托。

友人索画山水,即题数句以赠

树老挂苍藤,山空泻秋水。
白头一个僧,趺坐看云起。
楼屋几人家,一半微茫里。
写此出世心,赠君清净理。

手　炉

一个手炉未有铭，公然执热坐山亭。
服膺应比颜拳挚，[①]牵臂免讥鬼手馨。[②]
每藉余温闲把酒，无须呵冻可读经。
更深雪虐梦回处，偶拨残灰火尚荧。

【注】

① 服膺应比颜拳挚：比喻手炉的温暖足以让人一旦在手，就不愿失去，像颜回得到"仁"一样。服膺：衷心信服。颜：指孔子弟子颜回。拳挚：诚挚，诚恳。《中庸》："子曰：'回之为人也，择乎中庸，得一善，则拳拳服膺，而弗失之矣。'"
② 牵臂免讥鬼手馨：牵握人臂膊时免得被讥为手像鬼的手一样冰冷。典出《世说新语·忿狷》："冷如鬼手馨，强来捉人臂。"馨：晋时语助词。

眼　镜

匣中双镜水精神,颇助光明眼底新。
彻骨寒生冰一片,照人朗比月重轮。
轻尘扑面知无眯,细字分灯写亦真。①
差胜医家夸养目,②床头菊枕日横陈。③

【注】

① 细字:小字。分灯:谓借用他人灯烛余光以读书劳作。
② 差:略微。
③ 菊枕:用菊花作内芯的枕头。古谓能清头目,去邪秽。

弃妇词

忆妾年三五，粗丑不足辞。
一旦嫁君子，道有倾城姿。
相对惟欢笑，相聚无别离。
感君情意厚，誓以白首期。
春花不常娇，美女不常艳。
欢乐无几时，秋风夺纨扇。
君心总难知，妾色诚易见。
但看妾色衰，岂知君心变。
愆尤摘处处，①呵责加频频。
弃捐拚决绝，何劳君过嗔。
挥涕出门去，惭颜对比邻。
中心郁如结，一步一逡巡。
不恨君情薄，只恨妾身老。
不妒新人妍，只叹妾生早。
惟愿新人貌，常如今日好。
更愿君心坚，恩爱永相保。

癸丑（咸丰三年，1853）

【注】

① 愆尤：过失，罪责。

咏史（二首）①

一

嬴秦虽虎狼，虐不到屠市。
荆轲报燕丹，誓共始皇死。
非仅一朝仇，欲存召伯祀。②
不料咸阳宫，见刀祖龙起。③
其功悲不成，其志诚可美。
较之博浪椎，④事难分彼此。
冤哉以盗名，大笔昭青史。
斯果罪荆轲，何独恕力士。
如讥剑术疏，一椎亦复尔。
胡书韩张良，胡削燕太子。
函首捧图来，试问为谁使？
成败论英雄，何处定臧否？⑤
董狐嗟已遥，⑥掩卷惟拊髀。⑦

二

矫矫温太真,⑧少称有至性。
及其播时艰,犹能殚忠荩。
一发敦逆谋,再书讨孙峻。
同时八州督,精诚或稍逊。
何独语建康,绝裾争倖进。
纷纷秉笔人,议忠为孝病。
我云奉表时,司马官久定。
微禄已食人,驱驰固无分。
既拜散骑郎,高堂何敢问。
拟以汉王陵,⑨尚无累亲恨。
况乎家庭间,耳目何其近。
薄母而厚君,情理非堪信。
谓伊尹割烹,吾将师邹孟。⑩

【注】

① 未定本此首处附粘一纸条,上书:"二首论古有识,六经根柢,波澜至哉!斯言人不读史,□经义纷披,眼界不空,先生得之。敬服敬服!"不知何人所书。

荆轲:卫国人,被燕太子丹尊为上卿。于公元前227年奉燕太子丹命,携秦逃亡将军樊於期的首级和夹有匕首的地图见秦王。献图时,图穷匕首见,刺秦王不中,被杀。

② 召伯:周文王庶子,名奭。食采邑于召,武王灭纣,封于北燕,建立了臣属周朝的燕国。成王时为三公,与周公分陕而

治，为二伯，故称召伯，自陕西以西召公主之，有德政，卒谥康。全句是说要延续对召伯的祭祀，即燕国国脉。

③ 祖龙：秦始皇。

④ 博浪椎：于博浪沙狙击秦始皇所用的铁椎。秦始皇灭韩，张良为韩报仇，在沧海君处得力士，做铁椎重一百二十斤，趁秦始皇东游，阻击秦始皇于博浪沙。见《史记·留侯世家》。

⑤ 臧否：好坏，得失。或批评，褒贬。

⑥ 董狐：指春秋时晋国史官董狐。其在史策上直书晋卿赵盾弑其君之事。后用以称直笔记事、无所忌讳的笔法为"董狐笔"。

⑦ 拊髀：以手拍股。这里表示感慨、叹息。

⑧ 温太真：温峤，字太真，晋祁（今山西省祁县）人，聪明有识量，博学能属文。初为刘琨参军。西晋亡，司马睿镇江左，琨使奉表劝进，其母固止之，峤绝裾而去，既至，慷慨陈词，司马睿嘉而留之。王敦时，率师平之。苏峻叛，陷京师，峤要陶侃勤王，破石头城，事平，拜骠骑将军，开府仪同三司，封始安郡公。朝议留辅政，固辞回守江州（治所今武昌），途经牛渚矶，闻水下多怪物，命人燃犀角照看，中风，旋卒，谥忠武。为东晋王朝的建立和巩固，立下了大功。

⑨ 王陵：西汉开国功臣。其母为项羽所俘，为使王陵归附刘邦，伏剑自刎。项羽怒，竟烹其尸。

⑩ 伊尹：商初贤相。耕于有莘氏之野，汤三以币聘之，始往就汤。汤伐桀，灭夏，遂王天下，伊尹之功居多。孟子称为圣之任者。割烹：割切烹调，泛指烹饪。邹孟：孟子。孟子为邹人，故称。《史记·殷本纪》："伊尹名阿衡。阿衡欲干汤而无由，乃为有莘氏媵臣（商汤后妃陪嫁奴隶），负鼎俎，以滋味说汤，至于王道。"《孟子·万章》："人有言'伊尹以割烹要汤'有诸？孟子曰：'否，不然。……吾闻其以尧舜之道要汤，未闻以割也。'"这句是说，进退行藏，要以孟子讲的王道为准。

送子能之云南

骊歌一曲泪双含,如此离情何易谈。
不恨祖生追不上,[①]恨侬不共到滇南。

春色遥天望不分,野王去作出山云。
西南民力今瘦甚,无数茅檐正待君。

【注】

① 祖生:祖逖(tì),东晋范阳(今河北保定)人,初与刘琨俱为司州主簿,共被同寝,中夜闻鸡起舞。东晋元帝时,自请统兵北伐,渡江时击楫誓曰:"不清中原而复济者,有如此江。"遂破石勒,恢复黄河以南地。

悯鸠词

鸠呼雨,何辛苦。
三伏炎旱热如蒸,眼看良苗成焦土。
朝呼雨不来,暮呼雨不来,
口舌卒瘏无休歇,①彼苍梦梦岂尔哀?②
嗟嗟尔鸠身微小,草木之食应堪饱。
多情只为农夫忧,惟恐秋来无万宝。③
呼得雨足岁丰穰,收拾玉粒入仓箱。④
飞飞还向空林去,农夫果腹汝无粮。

【注】

① 瘏:tú,疲劳致病。
② 梦梦:昏乱,不明。
③ 万宝:各种作物的果实。
④ 仓箱:犹仓廪。《诗经·小雅·甫田》:"乃求千斯仓,乃求万斯箱。"

六月十五日夜月

暝色山际来，群动已就歇。①
木末荡薰风，吹上天边月。
一丸缀太空，大地映清彻。
楼台浸水中，化为白玉阙。
缓带步小园，顿忘朝来热。
林深露气凝，心定花香发。
池鸟恋辉光，有时鸣格磔。②
行吟夜已深，窗灯半月灭。

【注】

① 群动：各种动物。王维《春夜竹亭赠钱少府归蓝田》："夜静群动息，时闻阁林犬。"
② 格磔：鸟鸣声。

七夕后见鹊有怀冯子能

七月已过七夕节,园中干鹊声浪彻。①
颈毛脱落羽摧残,飞向高枝似休歇。
曾闻百鸟度双星,此役年年无或缺。
因尔一身来自天,敢将琐碎问约略。
银河广阔路几程,女胡不织牛不耕?
波涛未必如人世,何妨一苇杭之行。②
况蹂羽族岂无罪,惜未以此控太清。
归来云净天如洗,万里人间堪俯视。
我友昨去赴滇南,以高瞩下应弥迩。
山川跋涉知多劳,三伏亢阳定如燬。
西风初起剑门秋,夜雨乍添昆明水。
此时料已解征鞍,得无吁嗟作客难。
一身两仆知何处,③遥遥相看可平安。
上自碧霄下远路,愿将目睹为予诉。
鹊虽颔之不能言,但闻喈喈下高树。④

【注】

① 干鹊:即喜鹊。其性好晴,其声清亮,故名干鹊。

② 一苇：一根芦苇，喻小船，犹一叶扁舟。一苇杭之，用芦苇编制而成的筏即可渡过。比喻用微薄之力就可把事情解决。杭，同"航"。《诗经·卫风·河广》："谁谓河广？一苇杭之。"

③ 两仆：冯氏赴云南任职，随从两仆一姓侯，从《听侯仆话云南风土》（见本书后）可知。一姓张。成书于民国后期的《临潭县志稿·人物传》："张兆麟，字灵初，邑名士张汉弼之子，舅氏冯克勋官云南，随任所。"

④ 喈喈：jiē jiē，赞叹声。

偶　成

斜阳忽去数峰尖，万绿丛中又下帘。
何事欲眠眠不得，照人明月已纤纤。

秋日书怀

一庭早菊斗清姿,为赏秋光借酒卮。
疏雨犹飘云敛后,西风又起雁来时。
才非命世闲何碍,少不如人老可知。
赵壹[①]名心今已没,解消烦闷只吟诗。

【注】

① 赵壹:生卒不详,字元叔,东汉汉阳郡西县(今甘肃礼县)人。为人耿直,恃才倨傲。灵帝光和元年,被举为郡上计,受到司徒袁逢的赏识,名动京师,十次征为三公府掾,皆不就。作品以《刺世疾邪赋》最为著名。

偶成六言一首

蟋蟀声里落日,珍珠帘外西风。
梧桐不飘一叶,已觉秋满胸中。

笔诗二十一首

李昌谷①作马诗二十一首,袁子才②仿之作剑诗,余又作笔诗

古无柔翰名,创自蒙恬意。
班马惜未生,先付刀笔吏。

腕底矜风旋,功名出砚田。
羲皇初不识,一画也开天。③

自作中书令,④劳劳翰墨场。
知无关己事,辛苦替人忙。

八代文章在,⑤光芒孰与争。
公然摇尔处,要亦有平生。

弧矢男儿志,⑥雄心未易降。
如何轻九鼎,⑦寸管不能扛?

我携古锦囊,君作毛锥子。

会许见锋芒,轻投胡为尔。

入手心花发,临文意绪抽。
生人谁不朽,要问管城侯。⑧

透纸如穿札,摧坚别有神。
相看横绝处,敌尽古今人。

三寸斑纹竹,铦能胜莫邪。⑨
如何操觚者,率尔只涂鸦。⑩

眼底仇人在,持君作太阿。
侬心浑不愿,惟觉报恩多。

盾鼻墨淋漓,⑪营门倚马时。
对人作露布,可否是书痴。

谁无白兔毫,弃掷亦何贱。
始信绕指柔,必然经百炼。

于公治狱时,⑫义纵论囚所。
仗汝以生人,杀人仍仗汝。

琉璃雕作管,架以紫珊瑚。
纵受非常宠,何如付柳苏。

像欲图麟阁,文期构玉堂。
求君君不许,教去问穹苍。

藏锋如处女,脱颖吐长虹。
欲识真妙用,灵犀一点空。

抑之能入地,举之既登天。
助成千秋史,其然岂其然。⑬

频年住墨庄,千度摘词藻。
屈指数平生,何妨秃头老。

画日时难际,⑭生花梦自如。
大材悲小用,辛苦事著书。

云烟生纸上,风雨际毫端。
笑煞痴高颖,对人尚说乾。

阿谁能玉我,挥洒莫嫌频。
遥计离君日,文章俟等身。

【注】

① 李昌谷:唐代诗人李贺,字长吉,福昌县昌谷乡(今属河南省宜阳县)人,后世称李昌谷。
② 袁子才:袁枚,字子才,浙江钱塘(今杭州)人,清诗人,倡导性灵说诗论。辞官后,在南京小仓山筑随园,搜集书籍,写诗论文,优游其中五十年。著有《小仓山房诗文集》《随园诗话》等。
③ 一画开天:相传伏羲画八卦,始于乾卦☰之第一画,乾为

天，故说"一画开天"。

④ 中书令：指笔。韩愈《毛颖传》："累拜中书令，与上益狎，上尝呼'中书君'。"

⑤ 八代：指东汉、魏、晋、宋、齐、梁、陈、隋。苏轼《潮州韩文公庙碑》："自东汉以来，道丧文弊……文起八代之衰，而道济天下之溺。"

⑥ 弧矢：弓和箭。

⑦ 九鼎：古代传说夏禹铸了九个鼎，象征九州，成为夏、商、周三代传国的宝物。比喻分量极重。

⑧ 管城侯：指笔。

⑨ 铦：xiān，锋利。

⑩ 操觚：执简。谓写作。觚：gū，简策。率尔：不假思索。陆机《文赋》："或操觚以率尔，或含毫而邈然。"

⑪ 盾鼻墨淋漓：在盾牌把手磨墨作文。盾鼻，即盾牌把手。《北史·荀济传》："会盾上磨墨作檄文。"意为在盾牌把手上磨墨作檄文。后以之指在军队里做文书工作。

⑫ 于公：西汉丞相于定国之父，人称于公，为县狱吏，治狱公平，因犯法被于公依法判刑的人，没有因不服而心怀怨恨的。

⑬ 其然岂其然：句出《论语·宪问》。原句："子曰：'其然，岂其然乎？'"原意在表示疑问。

⑭ 画日：唐制，皇太子监国，下令书则画日，犹天子画可。后指为帝王草拟诏令。

黄鹂

黄鹂爱春光,只恐春光去。
画栏三月中,绿老红残处。
时序惊变迁,痴心欲留住。
飞来枝上啼,似向东风诉。
婉转千百声,夏令一齐赴。
东皇岂汝知,黄鹂究不悟。

论诗杂诗

诗本道性情,要各抒所见。
我持一支笔,出与古人战。
痴绝世之人,偏将古人羡。
开口学唐音,李杜居其半。
优孟而衣冠,效颦实可贱。
试看三百篇,笔墨岂一线。

胸罗万卷书,落笔贵清显。
含咀得英华,不徒能数典。
今之獭祭者,①迷焉竟不返。
如胥吏钞书,组织尽《文选》。
邺下博士驴,一券三纸满。②
斯谓暴富儿,卖弄小家产。

言景诗易腐,言情诗易新。
景与人所共,情只属一身。
心怀苟有得,吐辞惊鬼神。
情偶与景合,水乳自交溶。
如徒写风月,定难胜古人。

读李诗怡心，读杜诗酸鼻。
同生天宝时，何以二公异？
此中有性情，哀乐岂一致。
乃有无病呻，开口泪便坠。
过正而矫之，措词多讳忌。
不如写真吾，情景随所寄。
愤懑与悲欢，诙谐杂游戏。
有我方有诗，是谓诗言志。

理障原非诗，③风怀奚足病。
男女有大欲，要当持以正。
不然古圣贤，岂不重德性。
宋朝及西施，言之有孔孟。
众女嫉蛾眉，灵均尤后劲。
剪花必伤枝，离情亦失性。
吁嗟上蔡师，竟欲删卫郑。

【注】

① 獭祭：獭贪食，常捕鱼陈列水边，有如以鱼作祭品。比喻文章罗列、堆砌典故。
② 邺下博士驴：讥讽写文章长篇累牍而说不到点子上。《颜氏家训·勉学》："邺下谚曰：博士买驴，书券三纸，未有驴字。"
③ 理障：佛教语。谓由邪见等理论上的迷惑障碍了真知、真见。明何良俊《四友斋丛说·尊生》："思索文字忘其寝食，禅家谓之理障。"此指作诗陷于说理而少情趣。

山行归路口占

林泉幽处久徘徊,向暮忘归待鸟催。
双履浓粘苍翠色,被人知道看山回。

看 花

向晓看花去,沿村皆有花。
偶从花里过,转入种花家。
鸟语平林暗,茶烟一径斜。
湘帘垂永昼,人语隔窗纱。

杨　花

同是花开减色香,也将名目谱群芳。
倚云倾日浑无意,只藉东风一味狂。

同人夜饮龙渊阁[1]

浊酒集龙渊,垂垂上晚烟。
疏灯林外火,斜月水中天。
沙鸟应更语,风萤逐队旋。
清游怜夜短,归路倍缠绵。

【注】

[1] 龙渊阁:未详。

六月二十一日骤雨

顽云挟怒雨,作势迫长空。
始看天际黑,转眼尽蒙蒙。
红尘飞十丈,雷鼓声隆隆。
所住屋湫隘,身如鸟在笼。
耳目官失守,茫茫等瞶聋。
穿棂冰雹入,衾枕湿香绒。
阶前翻巨浪,注水叹无功。
乌鹊梁际伏,翼毛何氋氃。①
出门视禾稼,摧残等蒿蓬。
落花委泥土,枝上无剩红。
顿忆连朝热,亢阳与阴攻。
相争变肃杀,顷刻判凶丰。
呶呶诘燮理,②人事或恐穷。
生物复杀物,只堪怨苍穹。

【注】

① 氋氃:méng tóng,毛松散貌。
② 呶呶:náo náo,多言;喋喋不休。燮理:协和治理。燮,调和;理,治理。

山中访友不遇

空堂燕子飞,寂寂掩柴扉。
暝色千峰合,道人尚未归。

壮 志

丈夫志四方,不图在温饱。
遭际遇良时,致身宜及早。
弱冠立功名,未艾归山岛。
出没如神龙,不许庸人晓。
奈何走鹿鹿,文章叹潦倒。
六度被放归,家园伴啼鸟。
百事一无成,韶华度草草。
未必古达人,半如渭滨老。
升沉难预知,全璞以为宝。

雪　后

镇日萧斋梦醉间，①偶从雪后启松关。②
风无跋扈寒犹峭，人少往来意更闲。
饥鸟傍檐争啄土，冻云如墨远勾山。
披裘欲觅垂钓者，共踏前溪玉一湾。

【注】

① 萧斋：指寺庙或书斋，此处指后者。
② 松关：犹柴门。此处喻房门。

立春前一日郊行有怀

昨岁寻春结伴游,紫螃山下小桥头。①
而今又向城东去,只惹相思一段愁。

【注】

① 紫螃山：位于今临潭新城东南二里,俗称"雷祖山"。农历六月二十四日有庙会。

人日立春①

如针细草向阳生,今岁春来倍有情。
万树雪消花欲孕,九天日暖鸟争鸣。
读书许作千秋计,占岁先逢七日晴。
南望干戈曾戢否,②终军无路请长缨。③

乙卯(1855,咸丰五年)

【注】

① 人日:旧俗以农历正月初七为人日。
② 戢:jí,止,停止。
③ 终军:字子云,汉济南人。武帝时,为谏议大夫,出师南越,请受长缨,羁南越王而致之阙下。始终军年二十余岁。唐王勃《滕王阁序》:"无路请缨,等终军之弱冠。"

春夜枕上口占

风声跋扈拂檐端,冷逼锦衾觉梦阑。
窗外新开花一树,榴红怎耐五更寒。

燕 垒

画梁不惜力频殚,多垒四郊处处看。
筑去风能当几面,封来泥已借千丸。
日高解作帐前舞,人过恰从壁上观。
玉剪一双斜掠候,万条细柳荫春残。

蜂 衙[①]

此乙卯会课[②]作题,咸丰五年(1855)

金衣管领好春光,[③]课蜜衙前日正长。
分得一园花作县,排来六吏蜡为房。
声喧旦暮期无爽,差判勤慵事苦忙。
信有清风飘两翅,不输别样只输香。

【注】

① 蜂衙:群蜂早晚聚集,簇拥蜂王,如旧时官吏到上司衙门排班参见。
② 会课:文人结社,定期集会,研习功课,传观所作文字,谓之"会课"。
③ 金衣:指黄色的鸟羽,此处状蜂。

蚁　阵[①]

湿蒸鹳垤阵云生,[②]扰扰么么苦战争。
壁补花须浑有恃,枚衔土粒静无声。
微风穴外重围合,晓日阶前列队行。
蠢尔妖氛何日息,长天一雨便休兵。

【注】

① 蚁阵：即蚂蚁群。
② 湿蒸鹳垤：潮湿土堆。垤,dié,小土丘或蚂蚁做窝时堆在洞口的土。《诗经·豳风·东山》："鹳鸣于垤。"

蚊 市[1]

一听雷声耳欲聋,别私垄断有微虫。
华檐高处看云集,小院昏时作日中。
扰扰不辞花径黑,营营惯逐烛窗红。
肥身莫恃锥铓利,转眼霜威逼草丛。

【注】

[1] 蚊市:蚊子于傍晚时成群集飞,如人的赶集,故称。

蚓　笛[①]

谁度荒园笛一枝，数声婉转傍清池。
落梅折柳无心谱，[②]暑雨凄风信口吹。
短调每闻凭枕候，新腔犹记烹茶时。
几回欲觅悠扬处，满地青青荫草丝。

【注】

① 蚓笛：又作"蚓曲"。古说蚯蚓夏夜能发出鸣声，其鸣声叫作蚓曲，也称"蚓笛"。清末诗人以"蚓笛"为题者，似不止一二人，如韦国琛、高野竹、徐揩珊等。徐揩珊《蚓笛》："不妨穴土寓微躯，薄技常怀品笛工。调和蝉琴吟竹月，声谐蛙鼓奏熏风。无腔早识缘无孔，变徵何其忽变宫。倘谱落梅花一曲，余音嘹亮水田中。"
② 落梅：即《梅花落》。古笛曲名。折柳，《折杨柳》，古乐曲。

萤 灯

微荧闪烁欲凉天，误入帘栊照绮筵。
紫烬不缘秋雨暗，红蕤转趁晚风然。①
低飞水面辉辉弄，②高缀花枝个个圆。
有耀休来歌舞地，萧斋好去映铅篇。③

【注】

① 红蕤：即红蕤枕，传说中的仙枕。唐张读《宣室志》卷六记载，玉清宫有三宝，碧瑶杯、红蕤枕和紫玉函。红蕤枕似玉微红，有纹如粟。亦借指绣枕。
② 辉辉：明亮貌。
③ 铅篇：铅椠篇章。即书籍。铅椠为古代的书写工具，铅指铅笔粉，椠指木板片。

秋日野寺独步

贪看秋光忘路赊,低吟小步手频叉。
人来野寺孤于鹤,天放晴云薄似纱。
傲世谁能为白眼,论交只合到黄花。
闲怀镇日无消处,独立斜阳数暮鸦。

玻璃鱼盆

玻璃盆小生虚白,①水与玻璃同一色。
游鱼在水如在空,掉尾矜鳞意自得。②
满园花木绿参差,影落盆中鱼应知。
定许眼前青苍幻,逐队回旋无已时。
坐看却忆濠梁叟,③鱼乐不乐人知否?
庄周妙悟久难寻,鱼戏清波吾饮酒。

【注】

① 虚白:喻鱼缸的透明纯净。语本《庄子·人间世》:"虚室生白,吉祥止止。"本指心中纯净无欲。
② 掉尾:摇尾。
③ 濠梁叟:在濠水的桥梁上观鱼的老头。形容悠然自得,寄情物外。典出《庄子·秋水》。

自题山水

乱山含笑柳藏烟,知是清明二月天。
屋角青旗沽酒市,江边绿笠钓鱼船。
云归别浦疑无岸,水泻层崖定有泉。
野老携琴何处去,衣襟披拂午风前。

塞上曲

落日平沙暗,胡笳尽夜吹。
楼兰犹未灭,莫复问归期。
刁斗夜森严,军中静若许。
那堪千岁鸮,月黑作人语。
雁语月轮高,朔风透战袍。
别怀酬国意,耐冷独磨刀。
齐唱凯歌旋,长缨系左贤。
为舒家国愤,不忘画凌烟。

重兴寺踏青晚归①

薄暮踏青还,平林荡晚烟。
归云忙似水,新月细于弦。
身醉惟凭仆,心空不借禅。
人家上灯候,更鼓画楼边。

【注】

① 重兴寺:原在洮州城(今临潭县新城)西门外一里,始建于唐代,至清末已倾颓,今不存。清光绪三十三年(1907)《洮州厅志·建置》:"重兴寺,在西城外半里,今圮。"2006年建于今城内凤凰山麓云山观旧址的重兴寺,与原重兴寺已不相关。

盆中水仙花

石嶙峋,水清浅,案上磁盆生意满。
幽斋端合供水仙,①晴日烘窗翠袂展。
袅袅娉娉乍凌波,珠帘锦帐重重掩。
却喜花箭夜来添,连朝不惜清露浣。
汉女果然睹面逢,②白玉为盘金为盏。③
幽香难与蜂蝶知,娟妍惟入诗人眼。
雪虐风寒了不虞,芳心已被阳春绾。
我愿绿章奏通明,④须教尘袜去缓缓。⑤
日把清樽不出门,书斋寂寂与尔伴。

【注】

① 端合:应当,应该。
② 汉女:传说中的汉水女神。此比水仙花。《诗经·周南·汉广》:"汉有游女,不可求思。"
③ 白玉为盘金为盏:喻水仙的花瓣花蕊。
④ 绿章:即青词。旧时道士上奏天庭或征召神将的奏章表文,用朱笔书写在青藤纸上,故称。

⑤ 尘袜：即罗袜生尘。曹植《洛神赋》："凌波微步，罗袜生尘。"原句描写洛水女神在水上若往若还、轻盈曼妙之状。此以之喻水仙花。

春日偶成

睡足长空午,帘垂一径深。
池花红照影,窗竹绿分阴。
燕至营新垒,莺飞递好音。
风将云几片,远挂翠微岑。

丙辰(1856,咸丰六年)

寄子能二首

故人昨岁赋南征,望断云天物候更。
料是孤身勤吏职,非无一念到交情。
人缘旧雨心常切,①我听春莺感易生。
记否书斋同坐处,分题限韵斗心兵。②

偶尔别离唤奈何,况教迢递隔山河。
西来久断三秋雁,南去偏无万里驼。
同调应怜当世少,新诗定向远方多。
与君两地交相勉,郑重昔人戴笠歌。③

【注】

① 旧雨:比喻老朋友。典出杜甫《秋述》:"卧病长安旅次,多雨,……常时车马之客,旧,雨来,今,雨不来。"

② 分题限韵斗心兵:意即比赛作诗。分题,诗人聚会,分探题目而赋诗,谓之分题。又称探题。限韵,规定作诗的用韵。心兵,喻诗才。

③ 戴笠歌:汉无名氏《越谣歌》,写朋友之间的友谊不随双方地位身份的变化而有所改变。原诗为:"君乘车,我戴笠,

他日相逢下车揖。君担簦,我跨马,他日相逢为君下。"乘车、跨马代表富贵得意,戴笠、担簦代表贫穷失意。簦(dēng),古代有柄的笠,如今之雨伞。

题《列仙传》后①

日月互变迁，往来成今古。
无论贤与愚，终同草木腐。
乃有列仙人，力能造化补。
姹女配婴儿，②青龙偶白虎。③
丹成得长生，寿与天地伍。
忆自开辟来，姓字堪历数。
其如及吾生，渺矣难亲睹。
得毋第一天，④日居白玉府。⑤
或在蓬莱宫，不轻履凡土。
否则千万年，存灭亦难主。
毕竟属荒唐，思之徒自苦。
且向黄公垆，⑥把杯杂贾竖。⑦

【注】

① 《列仙传》：传为西汉刘向所撰。主要记述了自三皇五帝时期至汉代的七十多位神仙的重要事迹和成仙过程。
② 姹女、婴儿：道家炼丹，称水银为姹女，铅为婴儿。
③ 青龙、白虎：青龙、白虎皆指炼丹材料丹砂、汞及石灰之属。

④ 得毋：也作"得无"，意即能不，岂不是。
⑤ 玉府：指道观、仙府、仙宫。
⑥ 黄公垆："黄公酒垆"的略称。比喻触景感旧，哀伤故友。或作为伤逝忆旧之辞。典出《世说新语·伤逝》。
⑦ 贾竖：旧时对商人的贱称。

夏 夜

夜深月午露华凝,十二栏干独自凭。
万绿如云风满径,小窗红透读书灯。

留 须

揽镜忽惊失故吾,阿谁派我作髯奴。
年光总入新诗卷,豪气仍存旧酒徒。
世难催人成老大,仙方返少亦虚无。
丈夫漫说须眉好,孤负韶华叹守株。

子能书久不至，今秋粤匪犯楚，西南道路愈梗，怆然有感①

如此良朋出处分，怀人愁对雨纷纷。
烟波无定萍难主，云路虽高雁失群。
楚北羽书真火急，滇南客子杳风闻。
梦中颜色梁间月，②独坐空斋盼日曛。③

【注】

① 粤匪：清时指太平天国军。此处言太平军犯楚，确切时间未详，因太平天国初起时，作者友人尚未赴云南任职。此首初稿中未标明写作时间，但排在1856年所作《春日偶成》与1860年所作《习勤》之间。想必所言太平军犯楚事也是指在此期间的，而非初次犯楚。

② 梦中颜色梁间月：化用杜甫《梦李白》中句子。原句："落月满屋梁，犹疑照颜色。"

③ 日曛：日色昏黄。指天色已晚。连上句，是说只有盼望早点天黑，晚上可在梦中见到远游故人。意思更深一层。

羸犬叹①

寂寞高门晓日红,当门一犬何疲癃。
往来人过浑不觉,毛似败毡腰似弓。
邻叟笑言前数岁,主家赫赫逞权势。
此犬狂猘恃爪牙,②行人经过愁搏噬。
王谢年来非旧时,③彼亦垂垂老不支。
向阳日就街头卧,粗粝无余夜号饥。
我闻此语重点首,自古强梁原不久。④
况尔微畜依主人,精力衰残复奚有。
低头甘受小儿呵,延息残羹亦无多。
犬兮犬兮奈若何!

【注】

① 羸犬叹:诗写羸犬,别有寄托。羸,léi,瘦弱。
② 狂猘:形容凶猛。
③ 王谢:六朝望族王氏、谢氏的并称。后以"王谢"为高门世族的代称。
④ 强梁:强横凶暴。

饮酒杂诗（四首）

四围乔木足清凉，风送百花自在香。
安置名园容我懒，消磨豪气为谁狂。
也知人事同春梦，持此闲情付醉乡。
雌伏雄飞何必问，须眉近已负昂藏。①

神仙富贵两无因，且乐樽前现在身。②
不惠不夷仍故我，③枕书枕画即闲人。
才疏敢作千秋想，句好每缘一字贫。
万卷缥缃常坐拥，④门前任令足风尘。

城居原不异山林，趣味闲中只自寻。
处世何妨弹古调，浮生莫浪觅知音。
雪泥遇合都随命，⑤花木因缘自在心。
算计无如行乐好，肯教愁绪负光阴。

自家心事自家知，入耳毁誉莫苦疑。
失马塞翁非望福，亡羊大道久伤歧。⑥
消闲易遣中年兴，感慨尽存醉后诗。

搔首古今谁欲与,青莲一瓣是吾师。⑦

【注】

① 昂藏:仪表雄伟、气宇不凡的样子。
② 且乐樽前现在身:又做"静里澄观别有真"。
③ 不惠不夷:惠,指柳下惠;夷,指伯夷。不学柳下惠,也不做伯夷。比喻折衷而不偏激。
④ 缥缃:指书卷。缥,淡青色;缃,浅黄色。古时常用淡青、浅黄色的丝帛作书囊书衣,因以指代书卷。
⑤ 雪泥遇合:雪泥,"雪泥鸿爪"的略语,比喻往事遗留的痕迹。遇合,相遇而欣赏、投合。
⑥ 亡羊大道久伤歧:比喻步入歧途而一无成就。典出《列子·说符》。
⑦ 青莲:佛教以为莲花清净无染。故常用以指称和佛教有关的事物。此处句意亦指心向佛法,以求清净无烦恼。

西　风

西风天际来,大地秋如许。
却教老树知,叶叶互相语。

习　勤

羲和日奔驰，①岁月电过眼。
晏安实鸩毒，②慎勿学嵇阮。③
不见运甓人，④精勤恒自勉。
后来石头城，破贼如屠犬。⑤
庄敬日以强，颓偷日以懒。
饱食度终朝，蹉跎悔已晚。

庚申（1860，咸丰十年）

【注】

① 羲和：古代神话传说中的人物。驾御日车的神。
② 晏安实鸩毒：指贪图享乐等于喝毒酒自杀。晏：安逸；鸩：传说中的毒鸟，用其羽毛泡酒，有剧毒。
③ 嵇阮：三国魏嵇康与阮籍的并称。两人诗文齐名，皆以嗜酒、孤高不阿著称。
④ 运甓：比喻刻苦自励。甓：pì，砖。《晋书·陶侃传》："侃在州无事，辄朝运百甓于斋外，暮运于斋内。人问其故，答曰：'吾方致力中原，过尔优逸，恐不堪事。'其励志勤力，皆此类也。"
⑤ 后来石头城，破贼如屠犬：指东晋成帝咸和三年（328），

苏峻起兵反叛，攻入建康（今南京，史称石头城），同年被温峤、陶侃平定，苏峻被杀。

慎 交

朋友殿五伦,①此道岂容苟。
嗟嗟少年人,意气空自负。
片言辄倾心,一餐期白首。
中路坐荆榛,②云雨翻覆手。③
愤作广绝交,④矫枉实藉口。
何如用辅仁,⑤则效尼山叟。⑥

【注】

① 殿五伦:即遵守五伦。五伦,旧指君臣、父子、兄弟、夫妻、朋友五种伦理关系。
② 中路坐荆榛:朋友相遇途中,铺荆坐地,共叙情怀。江淹《别赋》:"可班荆兮赠恨,唯樽酒兮叙悲。"
③ 云雨翻覆手:形容人反复无常或惯于耍手段。杜甫《贫交行》:"翻手作云覆手雨,纷纷轻薄何须数。"
④ 广绝交:南朝梁刘峻《广绝交论》,论说世态人情和交往情形。
⑤ 辅仁:谓培养仁德。
⑥ 尼山:原名尼丘山,指孔子。因孔子诞生于此,故孔子名丘字仲尼。

敦 本①

马融排李固,②孔光谮王嘉。③
经术佐贪鄙,违心媚奸邪。
岂真泯好恶,始之一念差。
所贵急当务,莫徒博声华。
行为言之本,有本乃有花。
欲增文章价,白玉期无瑕。

【注】

① 敦本:注重根本。此指为人之本分。
② 马融排李固:马融畏服权臣梁冀,为草拟诬陷李固奏疏,致李固被冤杀。马融,东汉经学家,为人美辞貌,有俊才。李固,东汉名臣,学识渊博,正直不阿。
③ 孔光谮王嘉:汉哀帝恼怒王嘉反对封宠臣董贤为侯,欲治其罪,孔光等上疏弹劾王嘉欺惑君上之罪。孔光,孔子十四世孙,通经学,西汉哀帝时继王嘉为丞相。王嘉,西汉平陵(今属陕西西安)人,以明经射策甲科为郎,哀帝时为相,因反对哀帝封宠臣董贤为侯被下狱,在狱中绝食呕血而死。清康、乾时诗人翁照《咏史》:"孔光谮王嘉,浸润致之死。马融排李固,承顺权臣指。"

安 命[①]

骐骥空千里,负盐泣太行。[②]
驽骀策蹇足,餍刍络锦缰。[③]
升沉应有定,士贵守其常。
慎毋思侥幸,一生事奔忙。
行败名亦裂,富贵究渺茫。
曾知兰蕙质,深谷发幽香。

【注】

① 安命:安于命运。语本《庄子·德充符》:"知不可奈何而安之若命,唯有德者能之。"
② 骐骥空千里,负盐泣太行:是说骏马不惧日行千里,但若负盐车上太行则非其所长。
③ 驽骀策蹇足,餍刍络锦缰:驱驾跛足劣马,满足吃饱草料和锦制的笼头缰绳。驽骀,劣马。蹇足,跛足。

得子能呈贡任中书[①]

离怀积久寂难禁,一雁忽来报好音。
薄宦初安游子梦,[②]寸函如见故人心。
路通蛮岭虽多瘴,云近漏天易作霖。[③]
底事莼鲈归兴动,[④]应知菽水系怀深。[⑤]

【注】

① 此首墨稿诗末作者自注:"来信欲乞身归养。"时在何年未详。据《临潭县志稿·冯克勋传》(民国未刊稿),冯任呈贡知县六年,迁昭通府大关同知,卒于任。据民国《大关县志稿》载,冯克勋于清同治四年(1865)任大关厅同知,同治五年(1866),即由他人接任。

② 薄宦:卑微的官职。

③ 漏天:谓如天泄漏。比喻多雨、久雨或飞泉盛大。此处也许兼含实指,四川省雅安县境内有地名漏天,因其地多雨,故称。

④ 莼鲈:即莼鲈之思,比喻怀念故乡的心情。典出《晋书·张翰传》:"翰因见秋风起,乃思吴中菰菜、莼羹、鲈鱼脍,因曰:'人生贵得适志,何能羁宦数千里以要名爵乎?'遂命驾

而归。"
⑤ 菽水：豆与水。指所食唯豆和水，形容生活清苦。语出《礼记·檀弓下》："子路曰：'伤哉！贫也！生无以为养，死无以为礼也。'孔子曰：'啜菽饮水尽其欢，斯之谓孝。'"后常以"菽水"指晚辈对长辈的供养。由此句推知，冯子能赴云南任职，父母并未随往。

听侯仆话云南风土[1]

足迹西南万里过,蜀山泸水险如何。
林间花木临冬发,市上管弦入夜多。
交趾路远来异象,昆明波涌走灵鳖。[2]
滇中自古从军地,窃喜年来尚止戈。[3]

【注】

[1] 侯仆:前《七夕后见鹊有怀冯子能》注。
[2] 交趾路远来异象,昆明波涌走灵鳖:有从交趾远路而来的奇特的大象,有昆明池中游走的灵怪鱼鳖。连上两句,是说云南一带风俗物产奇特。交趾,古地区名,泛指五岭以南。汉设交趾郡,治今越南河内
[3] 窃喜年来尚止戈:当时云南烽火连天,既有太平天国如火如荼,又有其他反清武装此起彼伏,作者何以窃喜,止戈为武,或许是作者以拆字法有意反说吧。

暖　鞋

遍地严霜冷不生，蒙茸足下耀三英。①
趋时应少芒芒态，②曳处频闻橐橐声。③
送客溪桥冲雪立，钓鱼野渡踏冰行。
红罗回忆清明路，④不羡精工只羡轻。

【注】

① 蒙茸：绵暖适脚之状。或系"蒙茸"之误，蒙茸，覆裹之意。三英：古代皮衣上的连结衣襟的系带之物。《诗经·郑风·羔裘》："羔裘宴兮，三英粲兮。"
② 芒芒：通"忙忙"。
③ 橐橐：象声词。
④ 红罗：红色的轻软丝织品。多用以制作妇女衣裙。

雪 帽

蜀锦垂垂半覆肩,①严冬自笑亦峨冠。②
山中望远凝眸易,路上逢人识面难。
绿鬓不缘霜后白,尘颜转向雪中丹。
寻梅几度冲寒立,耳热何妨独据鞍。

【注】

① 蜀锦:四川生产的彩锦。是传统的丝织工艺品。现代蜀锦用染色熟丝织造,质地坚韧,色彩鲜艳。
② 峨冠:高冠。
③ 绿鬓:即黑发。

方　镜

磨砖作镜笑徒然,式样今朝耀眼前。
望去羡卿形中矩,照来讶我面如田。①
清光不碍圭稜在,②古篆还宜卦象镌。③
写出至人方外意,盈盈秋水共澄鲜。④

【注】

① 面如田:脸形方正,像田字一样。旧时迷信星相的人认为方脸是富贵相。语出《南齐书·李安人传》:"帝大惊,目安人曰:'卿面方如田,封侯状也。'"
② 圭稜:圭的稜角,比喻锋芒。
③ 古篆还宜卦象镌:指镌或铸于方镜上作为装饰的篆文或卦象符号。古篆,指篆书,有大篆、小篆,通行于春秋战国及秦代,故称古篆。卦象,卦所象征的事物及其爻位等关系。术数家视卦象以测天理、人事。
④ 秋水:喻明亮的目光。句意谓镜光与目光互相辉映。

圆　窗

虚窗巧样爱团栾，①似此真宜号合欢。②
碧落当檐规作笠，③青山入座小于丸。
客来傍槛传杯坐，夜里卷帘待月看。
几眼疏棂明似镜，知非甕牖透轻寒。④

【注】

① 团栾：圆的样子。
② 合欢：欢聚。
③ 规：画圆等的仪器，此处作动词用，指画圆。全句是说圆窗把碧蓝的天空画出一个斗笠一样的圆形。
④ 甕牖：用破瓮做的窗户。指贫穷人家。甕（wèng），同"瓮"。

绛 鸽

飞奴何处惹红尘,①豆啄相思性更驯。②
枫叶秋林惟见影,茜窗晓日屡栖身。
传书雅称桃花纸,③哺子时依马帐春。④
向暮天晴重振翮,斜阳光射羽毛新。

【注】

① 飞奴:信鸽。
② 豆啄相思:啄食相思豆。性更驯,性情更加温驯。
③ 桃花纸:纸名。纸质薄而韧,可糊风筝或作窗纸等用。是说绛鸽送信犹如传情达意,像质地优良的桃花纸一样。
④ 马帐:东汉经学家马融讲学之所,此指书斋。是说鸽巢即在书房边。

白 驼

明驼奇畜出乌孙,①遍体犹沾塞草痕。
褐氅经霜应乍改,肉峰积雪敢轻扪。
烟迷清影来冰阪,月暗平沙入玉门。
遣戍征人多皓首,几回对尔信销魂。

【注】

① 明驼:善走的骆驼。乌孙:中国西北古代民族。兼作国名。初期游牧于祁连、敦煌一带。后西迁今伊犁河、天山之间。汉武帝时,张骞出使西域,乌孙王与汉结盟。后属西域都护。南北朝时南迁葱岭。其后渐与邻族融合。明清时哈萨克族中尚有乌孙部落。

天将雪为潘某作

天将雪,冻云惨淡风栗烈,路南路北行人绝。
雪纷落,富家邀客酒同酌,贫家无薪衣又薄。
雪渐狂,釜底昨宵已无粮;
忍寒出门谋升斗,赤手归来身欲僵。
雪不止,饮泣埋头牛衣里,[①]
大儿号寒小啼饥,四肢卷缩不敢起。

【注】

① 牛衣:供牛御寒用的披盖物。比喻贫寒。

题《小仓山房诗集》后[①]

生平不肯傍前贤,一意孤行信可传。
妙语人争推白傅,[②]多情自觉近樊川。[③]
清樽雅管浑无分,[④]吴水仓山别有天。
如此才名如此寿,骚坛公是地行仙。[⑤]

【注】

① 《小仓山房诗集》:清袁枚著。袁枚(1716—1797),辞官后,定居江宁(今南京),筑室小仓山随园,从事诗文著述。诗歌创作倡导"性灵说",在诗坛上别树一帜。
② 白傅:唐诗人白居易的代称。白晚年曾官太子少傅,故称。
③ 樊川:唐代诗人杜牧,因晚年长居樊川(故址在今西安市南)别业,世称杜樊川。
④ 清樽雅管:饮酒作文。清樽,指酒。雅管,当指笔。
⑤ 地行仙:原为佛典中所记的一种长寿的神仙。后因以喻高寿或隐逸闲适的人。

偕人郊外纳凉

不惮平原迥,来追野外凉。
四郊新雨足,一路野花香。
地僻松阴暗,风微鸟语忙。
一杯相对处,洗此软心肠。

晓 望

宿云晓雾萦回处,只在平林远水间。
截断遥空苍翠色,分明几点米家山。①

【注】

① 米家山:宋米芾善以水墨点染写山川岩石,虽似不求工细,但云烟连绵、林木掩映,别具疏秀脱俗之风格。其子友仁继承家学,并在山水技法上有所发展。世因称其父子所画山水为"米家山"。

自题秋江晚泊图

扁舟一叶泊江村,芦荻风多起涨痕。
山寺钟声知动未,寒鸦历乱下黄昏。

无题六首①

干戈扰扰复何之,把酒临风别有思。
报主敢言无国士,忧天岂料到书痴。
八方多难将胡底,②比岁徂饥已不支。③
满腹劳骚聊自写,非夸浮艳斗新诗。

连年吏奉调兵符,道是征兵气更粗。
代步那容民养马,供餐肯计母将雏。
含沙毒蜮随时有,故里乡人动念无。
尚未离家犹若此,可知搜掠遍程途。

(此首下作者附注:洮兵排征发匪,未出洮境,即扰官虐民,索求无已。)

传闻南地布连营,刑赏瞢腾久未明。
能劫闾阎推猛士,尽宽纪律纵逃兵。
民无衣食何辞死,贼有夤缘转得生。④
十载年华烽未息,老师靡饷竟无成。⑤

髑髅啼雨鬼啸风,⑥阃内诸公耳半聋。⑦

兵法徒能谈纸上，将才孰可叶师中。⑧
恍忽虚声惊唳鹤，流离生计付哀鸣。
赤土焦云随地遍，群氓无数泣苍穹。

耀眼翎飘孔雀光，⑨诸君果否报吾皇。
烟花零落悲南国，富贵朦胧返故乡。
暂喜长鲸才失水，⑩偏容小鼠久跳梁。
齐秦晋楚兼滇蜀，带甲不惟遍豫扬。⑪

（此首下作者附注：洪萧杨冯遭冥诛而各土匪又起。）

羽檄简书屡戒严，难将此意问巫咸。⑫
蛇游豕突何由定，⑬地棘天荆未易芟。⑭
积愤恍如潮十丈，忧时每忘口三缄。
谁怜举世遭离乱，独有虞翻泪满衫。⑮

【注】

① 此六首墨稿题目下作者自注"从删"。诗写征兵抵御太平天国情形，乱未平，却给老百姓带来了深重苦难。第二首下作者自注"洮兵排征发匪，未出洮境，即扰官虐民，索求无已"即组诗意旨。
② 胡底：谓到什么地步。胡，何；底，到。
③ 比岁：连年。
④ 夤缘：拉拢关系，攀附权贵。
⑤ 老师靡饷：兵士劳累，士气低落，又耗费兵饷。
⑥ 髑髅：死人的头盖骨。
⑦ 阃：指阃幕，将帅的府署。

⑧ 叶师：即协师，清朝在洮州驻有协台（副将），故将这里的常驻军队称为"协师"。

⑨ 翎：指翎顶，清代官帽上的翎子和顶子的并称。

⑩ 长鲸：喻巨寇。此处显指太平天国。下一句"小鼠"当指太平天国之后的一些反清武装或危害百姓的各种人事。

⑪ 齐秦晋楚兼滇蜀，带甲不惟遍豫扬：两句是说战乱遍及全国。不惟：不仅。

⑫ 巫咸：传说古代贤人名。殷中宗时有贤臣名巫咸。相传他发明鼓，是用筮占卜的创始者，又是个占星家，后世有假托他所测定的恒星图。

⑬ 蛇游豕突：像蛇那样游窜，像猪那样冲撞。形容成群的坏人乱冲乱撞，到处骚扰，令人恐惧。

⑭ 地棘天荆：指到处布满荆棘。比喻环境恶劣。

⑮ 虞翻：三国吴余姚（今浙江余姚市）人，字仲翔，少好学，有高气，精于易。仕吴，数犯颜谏诤，多见谤毁。虞翻泪满衫，未详所出。

秋夜酒醒园中步月作

虚窗飒飒战秋声,①酒醒灯昏欲四更。
此身恰住画图里,②黄叶林间看明月。

【注】

① 虚窗:意谓住处荒寂冷落。
② 此身恰住画图里:稿本此句旁又另拟一句"不嫌露冷沾衣履",别是一番幽怀。

壮心未已,梦把刀自磨,声霍霍然。醒后闻竹拂檐前,殆其响也,戏赋一绝

灯残雨霁月三更,风过竹间梦乍惊。
欲斩楼兰头不得,磨刀霍霍尚闻声。

雪中饮酒放歌

朔风飒飒透重关,推枕开门雪满山。
书斋寂坐无与语,竟日瞢腾少欢颜。
欲破愁城问曲糵,①浮蛆瓮启香清烈。②
一杯不觉面微酡,频饮顿教身倍热。
雪际松涛响不禁,枝头栖鸟冻如瘖。③
美人隔断无消息,却来何处觅知音。
黄童转眼成白首,嗟嗟不饮复何有。
抗怀只唱乌乌歌,④入世焉能鹿鹿走。
鹦鹉杯,鸬鹚杓,麹生风味殊不恶。⑤
酒德颂,饮中仙,⑥古人先得我同然。
但愿日暮雪不止,把杯常饮深雪里。

【注】

① 曲糵:酿酒时引起发酵的东西,这里代指酿酒。
② 浮蛆:浮在酒面上的泡沫或膏状物。此指酒。
③ 瘖:同"喑(yīn)",哑,不能说话。
④ 抗怀:谓坚守高尚的情怀。乌乌歌,宋末元初诗名,作者乐雷发。诗写发奋努力、报效国家的雄心壮志,并赞赏道学家

要像孔子那样智勇双全，文学家要像诸葛亮那样谋略深远。
⑤ 麴：酿酒发酵物。
⑥ 酒德颂，饮中仙：《酒德颂》为魏晋诗人刘伶所作骈文，以诵酒为名，表达了超脱世俗、蔑视礼法的思想。饮中仙即杜甫《饮中八仙歌》，诗中描写了贺知章等八位唐代人物不受世情俗物拘束、憧憬个性解放的浪漫精神。刘伶的借酒佯狂，以及杜甫借描写饮中八仙曾欲有所作为，终于被迫无所作为，从而逃入醉乡，以发泄苦闷的形象，表达了深沉的隐忧。以上人物都引起了赵维仁强烈的共鸣。

雪后遇莲花峰下

长空曙色开，云际矗奇巘。①
孰折青莲花，随风掷北甸。②
梵宇嵌岩阿，楼台瞰云栈。
白鸟纷往来，苍松茂敷衍。③
是日为人日，④晴光天际辨。
无端作远游，临晨遂登践。
丹崖杳千寻，石径通一线。
向暖泥半融，冱寒雪犹泫。⑤
瘦马不堪骑，搴裳惟自勉。
径绝葛屡攀，峰回路复转。
磐石身频休，层冰腿仍软。
有杖苦不支，尚赖儿扶挽。
行行廿里余，颠踬时难免。⑥
渐看洮水来，川原历历显。
揽辔上征鞍，顿觉为安晏。⑦
丈夫志四方，岂其畏高蹇。⑧
况予年非艾，⑨犹能作鹏展。

扬鞭莫回头，高吟聊自遣。⑩

【注】

① 巘：yǎn，大山上的小山。
② 甸：古时都城的郭外称郊，郊外称甸。北甸，洮州地理方位素有东南西北四路之分，莲花山属北路，故称北甸。
③ 敷衍：广布生长的意思。
④ 人日：旧俗以农历正月初七为人日。
⑤ 冱：hù，冻结。泫，xuàn，水珠下滴。
⑥ 颠踬：跌倒。
⑦ 安晏：ān yàn，安逸，平安。
⑧ 高搴：指登高。
⑨ 艾：古代对老年人的尊称，与"叟"同义。此时诗人四十岁，正值盛年。
⑩ 自遣：发抒排遣自己的感情。

晚行临洮道上①

入耳风声向晚增，迢遥马踏一溪冰。
栖鸦坐树惊难定，倦仆畏寒唤懒应。
新月当空明驿路，几家傍水试春灯。②
欲投旅店知何处，尚隔林峦第几层。

【注】

① 此首墨稿标明时间为壬戌（1862）正月初八日。
② 春灯：指元宵花灯。

金城元夕①

良宵独饮梵王家,②为爱吟诗手屡叉。
似水当阶明夜月,如雷隔巷走轻车。
墨痕渐灭投人刺,③春色可怜出窖花。④
西望湟中烽火急,忍听箫管斗繁华。

【注】

① 按照各诗排序,这一首当作于壬戌年(1862)的正月十五日。正月初八日在临洮道上,正月十五日即在金城。
② 梵王家:指佛寺。
③ 刺:拜访他人时事先投送的名帖。
④ 窖花:冬日为保暖在窖中种植的花。

哭姜小山先生十二首①

一

东望文星坠一丸，②临风簌簌泪频弹。
已怜白发生来满，谁料青毡坐亦难。③
佳句几年曾说项，④斯文当日久推韩。⑤
可怜讣信遥传处，月夜春灯那忍看。⑥

【注】

① 墨稿中此十二首有八首标有"删"字，具体见后注。姜小山，据诗意及作者自注，临潭新城人，仅知年七十以明经铨金县学博，余不详。此诗排在《金城元夕》之后，《金城旅夜枕上口占》之前，当亦作于在金城期间，其时在1862年。此首墨稿有作者自注："先生以明经铨金县学博，与予为父执，又以文章许予。故言之不觉凄然。"

② 文星：星名。即文昌星，又名文曲星。相传文曲星主文才，后亦指有文才的人。

③ 青毡：指清寒贫困者。亦指清寒贫困的生活。
④ 说项：唐代项斯为杨敬之所器重，敬之赠诗有"平生不解藏人善，到处逢人说项斯"句。后因以"说项"指替人说好话或说情。
⑤ 推韩：推重韩愈。此以韩喻姜。
⑥ 可怜讣信遥传处，月夜春灯那忍看：此联墨稿中作"华堂回首伤心处，玉盏银瓶不忍看"。

二

七旬谁惜入官迟，一赋骊歌百度思。
眼底光阴原自觉，胸中愁绪岂人知。
傲霜菊好无多日，出岫云孤只片时。
岁在龙蛇贤士厄，①泰山颓倒倍凄其。②

【注】

① 岁在龙蛇：岁，岁星；龙，指辰；蛇，指巳。指命数当终。典出《后汉书·郑玄传》。
② 泰山颓倒：比喻众所仰望的人去世。《礼记·檀弓上》："泰山其颓乎？梁木其坏乎？哲人其萎乎？"

三

环峰楼上揽烟霞，①记得吾洮旧世家。
卷幔卧看千嶂雨，分盆手种四时花。

盘餐不苟先生馔，门巷时停长者车。②
转眼风光非昔日，丁零化鹤莫吁嗟。③

【注】

① 环峰楼上揽烟霞：墨稿此句后作者附注"公所营菟裘"。菟裘，指告老退隐的居处。《左传·隐公十一年》："使营菟裘，吾将老焉。"陆游《暮秋遣兴》："买屋数间聊作戏，岂知真用作菟裘。"
② 盘餐不苟先生馔，门巷时停长者车：墨稿此句后作者附注"先生精于饮食，凡达人名士悉造其第"。
③ 丁零化鹤：成仙。语出《搜神后记》卷一："丁令威本辽东人，学道于灵虚山，后化鹤归辽。"后来用以作为死亡的婉辞。
此首稿本标明"删"。

四①

平生守己凛渊冰，②别有旷怀属上乘。③
秃笔题诗花下酒，高楼宴客雨中灯。
闲来纵博疑无赖，醉后清谈得未曾。
矍铄何须筇杖助，④青衫朱履遍郊塍。⑤

【注】

① 此首墨稿作者附注："先生以德行为洮士第一，其旷达不羁之致，或诗或酒，或花木或书画，或饮食服履，或笙歌叶子戏，皆究其极焉。"

227

② 凛渊冰：严肃敬畏，如临渊冰。渊冰，语出《诗经·小雅·小旻》："战战兢兢，如临深渊，如履薄冰。"后遂以"渊冰"喻危险境地。

③ 旷怀：豁达的襟怀。上乘：指高妙的境界或上等的事物。

④ 矍铄：形容老年人很有精神的样子。

⑤ 朱履：红色的鞋。古代贵显者所穿。借指贵显者。塍，chéng，田间的土埂子，小堤。

五

扶轮大雅久知名，①霁月光风自在行。②
事不依违留古道，③老能旷达仗聪明。
黍鸡逐处迎康节，④婚嫁多年累向平。⑤
可惜清时才调好，⑥衡门冷署了余生。

【注】

① 扶轮大雅：即大雅扶轮。大雅，《诗经》中的一部分；扶轮，在车轮两翼护持。指维护扶持正统的作品，使其得以推行和发展。

② 霁月光风：指雨过天晴时的明净景象。用以比喻人的品格高尚，胸襟开阔。

③ 依违：顺从和违背，指犹豫不决。墨稿此句下作者附注："先生平生尚圆通，惟于义利之辨如水火然。"

④ 黍鸡：即黍鸡之交，形容守信之交。典出《汉书·独行列传》中范式和张劭的事迹。康节，未详所指。北宋邵康节，精易学占卜，并无黍鸡之交事。黍鸡逐处迎康节：墨稿此句

下作者附注："凡吾辈数家宴客，必请先生执牛耳。"
⑤ 向平：为子女婚嫁既毕者之典。东汉高士向长，字子平，隐居不仕，子女婚嫁既毕，漫游五岳名山，不知所终。墨稿此句下作者附注："先生一子两孙，其犹子诸孙女不下数十人，凡婚嫁亦几数十次，不无累焉。"
⑥ 清时：清平之时，即太平盛世。

六

福寿天教萃一门，椿萱并茂足晨昏。①
斑衣久舞皆昆季，②白发已看到子孙。
晚岁偏逢多难累，雄才肯羡一官尊。
信天翁自无心去，③莫把升沉仔细论。

【注】

① 椿萱并茂：比喻父母健在。椿：多年生落叶乔木；萱：古人以为可以使人忘忧的萱草。椿萱：喻父母，古称父为"椿庭"，母为"萱堂"。

② 斑衣：即斑衣戏彩。指身穿彩衣，作婴儿戏耍以娱父母。后以之为老养父母的孝亲典故。昆季，兄弟。昆，哥哥，胞兄。季，兄弟排行次序最小的，泛指弟弟。

③ 信天翁：大型海鸟，古人见其凝立水际，或谓其不能捕鱼，常用以比喻呆立或留居原地少活动。此处喻不逐名谋利。
此首稿本作者标"删。"

七

裁句看书事事堪,丹枫霜后色愈酣。
论才名士咸虚左,①涉世同人奉指南。
变幻沧桑怜白傅,②凄凉门第痛羊昙。③
缥缃万卷今尚在,④寂寞无人许共探。

【注】

① 虚左:空着左边的位置。古代以左为尊,因用作款待宾客的敬称
② 白傅:唐诗人白居易的代称。白晚年曾官太子少傅,故称。以白居易比拟姜小山,似喻其得子迟而少。据下一首作者自注,姜小山仅一子,且先卒。
③ 羊昙:晋谢安之甥。羊昙、谢安甥舅事,为感旧兴悲之典。事见《晋书·谢安传》。稿本此句后作者附注"先生为予姨丈"。
④ 缥缃:指书卷。缥,淡青色;缃,浅黄色。古时常用淡青、浅黄色的丝帛作书囊书衣,因以指代书卷。
此首稿本标"删。"

八

阮籍频伤末路寂,①难将此意问苍穹。
琴翻野雉飞朝日,②树陨琼枝泣晚风。③
离乱愁肠秋夜里,飘摇老态酒杯中。

童孙孀媳相依处，此事得无最恼公。

【注】

① 阮籍：魏晋时期陈留尉氏（今河南开封市）人，"竹林七贤"代表人物，博学多识，崇尚老庄。为避免杀身之祸，常喝得酩酊大醉，不问世事。《晋书·阮籍传》："时率意独驾，不由径路，车迹所穷，辄恸哭而返。"
② 琴翻野雉飞朝日：古有琴曲《雉朝飞操》，相传战国时齐国处士牧犊子所作。牧犊子年老而无妻，见雉雄雌相随而飞，意动心悲，因援琴而歌，以明自伤。墨稿此句后作者附注："先生鳏居三十年。"
③ 琼枝：称誉人子。墨稿此句后作者附注："公仅一子，先五年卒。"

此首墨稿标"删"。

九

元龙豪气不消磨，①毕竟匆匆岁月过。
夜永翻怜花烛尽，秋晴争奈夕阳何。②
人间已觉同侪少，地下相逢旧雨多。
此去九原公应笑，③今来重赓八仙歌。④

【注】

① 元龙：三国时陈登，字元龙，性格豪放。墨稿此句后作者附注："先生年至七旬，遭遇尤不堪，然处之泰然，时有豪迈

之致。"

② 秋晴争奈夕阳何：墨稿此句后作者附注"铨训导时已七旬有五矣"。

③ 九原：山名，春秋时晋国卿大夫的墓地。泛指墓地。

④ 今来重赓八仙歌：墨稿此句后作者附注"先生与先五伯雨村公、家严君及姨丈孟尚亭、家清轩七兄、承斋四兄、大扬五兄，情好极密，又为酒友。先王有吊友诗云'饮中仙子更添君'云"。

墨稿此首标"删"。

十

片纸相邀语意亲，①雁鱼无故太因循。
客程屡促岂容缓，讣信谣传竟已真。
未谒鳝堂徒有泪，②如论父执更无人。③
元宵笙管梵宫酒，④辜负金城此际春。

【注】

① 片纸：喻简短的文字，与下句雁鱼皆指书信。墨稿"雁鱼无故太因循"一句后作者附注"先生以辛酉（1861）冬月约予赴金县相遇，奈信迟至壬戌（1862）正月朔始接到。予以朔六日登程，比至兰日，先生已下世矣"。作者另划去了"因公事赴兰，由兰"一句，应是另又有公事赴兰，然后由兰州赴金县的。

② 鳝堂：未详所指。

③ 父执：父亲的朋友。

④ 梵宫：佛寺。

此首墨稿标"删。"

十一

人情浇薄岂须猜，①苍狗白衣变几回。②
文士相轻缘底事，老成忽陨倍堪哀。
明知誉毁盖棺定，尽让蚍蜉撼树来。
世界蜗庐如许仄，仙龛海上去徘徊。③

【注】

① 浇薄：刻薄，不淳厚。
② 苍狗白衣：比喻世事变化无常。
③ 仙龛：供陈灵牌、神像的小室。

此首墨稿标"删"。

十二

归来一榇太凄然，①几度酹浆拜谪仙。
硕果难存风雨后，闲云屡到墓门前。
心将往事千回忆，手爇瓣香一缕烟。②
数首新诗聊写照，愧无彩笔把公传。

233

【注】

① 榇：chèn，棺材。
② 爇：ruò，烧。
　　此首墨稿标"删"。

金城旅夜枕上口占

酒醒月明梦乍回,撩人心绪柝声哀。①
此身只合山中老,底事金城两度来。②

【注】

① 撩人心绪柝声哀:张汉隆抄本此句下作者注"时撒匪骚动,金城戒严"。
② 底事金城两度来:墨稿此句下作者有注"予廿年前负笈金城"。

晓　发

客舍梦频惊,车轮动晓征。
远山明霁雪,野鸟变春声。
柳色黄犹浅,田畴绿未生。
风尘衣履满,只信此心清。

春日睡足即事

春残雨细酿新泥,睡足空堂日又西。
浑忘身生何世界,百花香里一莺啼。

哭五妹三十韵

顾氏推闺秀，班家重妹贤。①
数荆争茂日，一蕙忽萎天。②
大梦飘蝴蝶，空山唉杜鹃。③
雁行惟汝小，鹤算祈谁延。④
卧病逢春季，云亡未艾年。⑤
幽冥途渺渺，骨肉意悬悬。⑥
感逝新愁集，挥毫旧事编。
秉心原淑慎，弱质复端妍。
晓露偕芳径，看花共绮筵。
承欢依膝下，逐队戏堂前。
夜永茶同煮，窗虚墨代研。
剪花描粉本，学画割云笺。⑦
味早调羹辨，工能刺绣专。
离奇邀说鬼，跬步每随肩。
聚首常怡若，分襟辄黯然。
共夸周络秀，难作谢阿连。⑧
一旦丝罗卜，频教岁月迁。⑨
鹿车看乍挽，鸿案幸无愆。⑩
烛影宵眠后，星光晓启先。

蘋蘩千点露，藜藿一畦烟。⑪
课读儿虽稚，于归女自嫣。⑫
焦劳兄嫂谅，柔顺舅姑怜。
忆痛双萱陨，频惊两姊捐。
有怀徒郁郁，无涕不涟涟。
瘦骨慵临镜，长斋类入禅。
卅旬过迅速，小恙竟迍遭。⑬
食少知堪虑，医庸莫望痊。
弥留情宛转，永诀语缠绵。
问讯人同集，扶持我独偏。
燃须嗟已矣，披帐痛终焉。⑭
顿悟浮生幻，奚知再世缘。
鸰原悲翼折，鲛室泣珠圆。⑮
竹啸风何劲，林深雨暗湔。
凄其弹冷泪，哀挽写长篇。
敢谓文章著，还如墓志镌。
区区持此意，用以告黄泉。

【注】

① 顾氏推闺秀，班家重妹贤：《世说新语·贤媛》中说，张玄夸赞他那嫁给顾家为妇的妹妹，有位来过他家的尼姑也说："顾家妇清心玉映，自是闺房之秀。"东汉史学家班固编著《汉书》，而其中八《表》是他妹妹班昭续作完成。这两句是说，三妹既有美德，又有文才。

② 数荆：指弟兄姊妹。

③ 大梦飘蝴蝶，空山唳杜鹃：上句说五妹梦里化为蝴蝶，指死亡。用《庄子·齐物论》典。下句说自己，空自悲泣，哀痛

至极。

④ 雁行：指雁飞时有序的行列，引申为兄弟。指兄长弟幼，年龄有序，如同雁之依行而有次序。鹤算：鹤寿，长寿。

⑤ 艾年：老年。

⑥ 悬悬：惦念貌。

⑦ 粉本：画稿。古人作画，先施粉上样，然后依样落笔，故称画稿为粉本。云笺，有云状花纹的纸。

⑧ 周络秀：晋周顗母李氏，名络秀，汝南人。喻有才识的女子。典出《世说新语·贤媛》。谢阿连：南朝宋诗人谢灵运从弟谢惠连，善诗赋，与谢灵运并称"大小谢"，后因以为兄弟的代称。

⑨ 一旦丝罗卜：未详所指。

⑩ 鹿车看乍挽，鸿案幸无愆：比喻夫妻相互敬重，同甘共苦。鹿车：指鲍宣与妻共驾鹿车归乡的事。鸿案：指梁鸿妻举案齐眉的事。无愆：没有过失。

⑪ 蘋蘩：蘋和蘩。两种可供食用的水草，古代常用于祭祀。借指能遵祭祀之仪或妇职等。典出《诗经·召南·采蘋》和《诗经·召南·采蘩》。藜藿：藜和藿，指粗劣的饭菜。

⑫ 于归：女子出嫁。

⑬ 迍邅：zhūn zhān，困顿。

⑭ 燃须：唐仆射李勣，其姊病，勣必亲为粥，釜燃辄焚其须。这里是说兄妹情深。

⑮ 鸰原悲翼折：意即手足同胞亡故。鸰，亦作"鹡鸰"。《诗经·小雅·常棣》："脊令在原，兄弟急难。"后以"鹡鸰"比喻兄弟。

鲛室泣珠：鲛人住水中居室，流泪成珠，是为珠泪。两句都在说心情非常悲痛。

诗成后意有未尽,复作断句七章[①]

一

征鞍曾记入春催,灯前话别泪满腮。
却幸巫阳征不到,[②]绿窗忍死待兄来。[③]

【注】

① 诗成后:指写成前《哭五妹三十韵》后。根据第七首作者自注"今五妹又以壬戌(1862)春季亡"一句,以及前《哭姜小山十二首》第十首作者原注,可知此首作于1862年年初,其时作者因公在兰州。此首墨稿作者自注:"予以正月初六日赴省,妹信以不能相见为感,时漏下二更也。及予归,妹已大愈,孰意月余,陡病不起。"
② 巫阳:古神医名。泛指名医。
③ 忍死:谓临终不肯绝气,有所期待。

二

伶仃姊女等悬疣,[①]话到伤心彼此愁。
抚养成人婚嫁迫,教君一一费绸缪。

【注】

① 悬疣:即"悬疣附赘",比喻累赘无用之物。
此首墨稿作者自注:"四妹一子二女,皆五妹抚字焉,又皆为婚嫁。"

三

病骨支离夜未央,愁听永诀话凄凉。
嘱侬近墓踏青处,浊酒临风奠一觞。

【注】

此首墨稿作者自注:"五妹家祖茔与大妹墓相近,松楸密茂,春来踏青者,多于此□□余当视病时妹以此语嘱余,不觉泪下如雨。"

四

几载谁怜泪未干，世情浇薄付长叹。
而今一笑黄泉去，不受人间冷眼看。

五

寸草春晖久萦思，松楸寂寞只含悲。①
九原去为双亲报，垂老儿今苦不支。

【注】

① 松楸：松树与楸树。墓地多植，因以代称坟墓。此处特指父母坟茔。

六

电光驹影卅余年，骨肉恩深彼此怜。
我似东坡心未了，鹡鸰重结再生缘。①

【注】

① 两句以苏轼、苏辙弟兄间的深厚情意为喻，表达对五妹的深切怀念。

七

屈指云天雁序差,几年叹逝每吁嗟。
春风秋雨无情甚,断送一林姊妹花。①

【注】

① 断送一林姊妹花:此首墨稿作者自注"予四妹以癸丑(1853)秋亡,大姊以丁巳(1857)春亡,今五妹又以壬戌(1862)春季亡"。

哭沈朗亭尚书① (四首)

一

星轺昨岁入秦关,②变起湟中又借韩。③
不惜一身来险地,偏教八座障狂澜。④
筹边有策明知易,行路如公亦复难。
雨怒云愁卿月堕,岂唯麾下泪频弹。⑤

【注】

① 沈朗亭：据《清史稿》，沈兆霖，字朗亭，浙江钱塘人，道光十六年进士，选庶吉士，授编修。同治元年，署陕甘总督，率兵平乱。七月还师途经平番（今甘肃永登县）三道沟，突遇大雨，山洪暴发，溺亡。
② 星轺：使者所乘的车。亦借指使者。轺，yáo,
③ 变起湟中又借韩：张汉隆抄本及油印本此句有注"公初协钦差来甘肃，因湟中撒匪乱，特旨署全省总督"。墨稿无此注。借韩，其意不详。

④ 八座：亦作"八坐"。多称封建时代中央政府的高级官员。
⑤ 岂唯麾下泪频弹：墨稿此句下作者自注："公以钦差察陕、甘两省事。岁晚由陕至甘，而湟中适乱。持旨署陕甘制军剿办撒匪，归途遭山水暴发，遂致骑鲸。"

二

尚书开府驻河湟，①万帐貔貅两鬓霜。②
效死番兵来结赞，③投诚回虏拜汾阳。④
那期烽火三秦急，⑤不避风波一马忙。
公自骑鲸天上去，⑥惟愁余孽复猖狂。⑦

【注】

① 开府：古代指高级官员（如三公、大将军、将军等）成立府署，选置僚属。
② 貔貅：pí xiū，古籍中的两种猛兽。多连用以比喻勇猛的军队。
③ 结赞：尚结赞。唐代吐蕃大臣，主张唐蕃和好，曾出兵助唐平朱泚之乱。
④ 汾阳：唐名将郭子仪。平安史之乱有功，封汾阳王。代宗时屯河中，回纥数十万围之，郭子仪率数十骑亲入回纥营说之，回纥不战而退。此处喻沈朗亭接受青海循化等地起事撒拉民众议和。
⑤ 三秦：项羽破秦以后，三分关中，谓之"三秦"。后用以称关中、陕西一带。三秦烽火急，指此时陕西白彦虎又聚众起事，西北空前大乱开始。

⑥ 骑鲸：比喻隐遁或游仙。亦婉称死亡。
⑦ 余孽：残存的坏人或恶势力。

墨稿及抄本此首下有原注："公之准撒匪投诚，适以陕回猖狂，军饷不济故也。归途匆迫，遂致骑鲸。"

三

鲰生挟策长安日，拜谒华堂笑语温。①
一榜英才森玉笋，②早年知己傍龙门。③
高楼漏永宵添烛，秋桂香浓昼举罇。
此事分明今尚忆，彭宣无处可酬恩。④

【注】

① 鲰生挟策长安日：连下句是说当年自己赴西安参加科举考试，拜访沈朗亭大人，在其府上恭听温和笑语。作者于清道光二十三年（1843）以明经中优贡，时年二十一岁。鲰生：小生，自我谦称。挟策：手持书册。
② 一榜英才森玉笋：谓一同考中的士子像玉笋森立。喻英才济济。
③ 龙门：比喻声望卓著的人的府第。此处指自己幸出沈朗亭门下。
④ 彭宣无处可酬恩：用典未详。彭宣：汉代阳夏（今属河南周口市）人，似无无处酬恩故实。

墨稿此首下有原注："公视学陕甘癸卯（1843）春优贡，余出门下。"

四

欲随函丈谒军中,①好把文章记肤功。②
下士无缘酬远志,③彼苍何意丧孤忠。
氛来旷野黄沙暗,星落前军绛帐空。④
数首新诗千点泪,须知小草有深衷。

【注】

① 函丈:古代讲学者与听讲者,坐席之间相距一丈。后用以称讲席,引申为对前辈学者或师长的敬称。全句是说想追随沈朗亭于军中。
② 肤功:大功。
③ 下士:才德低下的人。
④ 绛帐:师门。

归 燕

苦将别绪话檐端,知尔今年去住难。
陇右兵戈新历乱,江南屋宇久雕残。①
乌衣国远愁多阻,②白露秋高可奈寒。
几度为伊筹乐土,何如此地且盘桓。③

【注】

① 陇右兵戈新历乱,江南屋宇久雕残:慨叹西北大乱新起,江南经历太平天国,遍地衰落凋残。
② 乌衣:指燕子。
③ 盘桓:徘徊;逗留。

书感（七首）

一

二百升平岁，①我朝治最隆。
数夫攘臂起，遍地生刀锋。
白马方将灭，黑山复称雄。②
迁延周一纪，③十室九家空。
惟见苍黎血，时涂草木红。
虽存孑遗在，逃窜逐飞蓬。
幸赖吾皇圣，推毂命上公。④
特诏明剿抚，枭獍竟痴聋。⑤
岂其遘阳九，⑥难言燮理功。⑦
人生当此际，的是可怜虫！

【注】

① 二百升平岁：此首按书中排序及所写内容，当作于同治初年，距清朝建立约二百二十年，此举成数，故说二百年。

② 白马、黑山：所指不详。
③ 一纪：古称十二年为一纪。此诗当作于1862年，太平天国自始至此，已十二年。
④ 推毂：推车前进。古代帝王任命将帅时的隆重礼遇。上公：泛指朝廷重臣。此处或指曾国藩等。
⑤ 枭獍：传说中食母、食父的禽兽。比喻凶残狠毒、无情无义之人。
⑥ 阳九：道家称天厄为阳九，地亏为百六。指灾荒年景和厄运。
⑦ 爕理：调理、调和。

二

百道纷出师，军粮一何剧。
救民水火中，国帑原不惜。①
扰扰数年来，司农竭无策。②
小民争乐输，③看看势窘迫。
纵怀卜式心，④乃少石崇力。⑤
辛苦行间人，⑥晨昏无饱食。
伟然壮士容，消瘦如鹤瘠。⑦
枵腹固不辞，⑧嗟嗟复荷戟！

【注】

① 国帑：国家的公款。帑，tǎng，古时收藏钱财的府库或钱财。
② 司农：官名。上古时代负责教民稼穑的农官。清代以户部司漕粮田赋，故别称户部尚书为大司农。此处泛指负责农事之官员。

③ 乐输：乐于输送供给所需。
④ 卜式：西汉官员，河南人，以牧羊致富，时汉武帝正用兵匈奴，卜式上书，愿输家财一半助边，又助贫民。
⑤ 石崇：西晋富豪，以奢侈闻名。
⑥ 行间人：指兵士。行间，行伍之间。
⑦ 鹤瘠：形容枯瘦。
⑧ 桍腹：空腹，肚饥。

三

南地肇干戈，①征兵西北界，
西北寇又起，捍患苦无奈。
一人倡乡团，到处招乞丐。
问孰主斯师，强梁众推戴。②
列名非不多，缓急实难赖。
风声鹤唳时，弃甲仍抛械。
饥则归行中，③饱则逃队外。
赏则争言功，罚则各诿败。
可恨縻钱粮，翻添焚掠害。
国家幸永清，何处安此辈？
搔首一思量，泪下如珠大！

【注】

① 南地肇干戈：指南方爆发太平天国起义。
② 强梁：强横凶暴。
③ 行中：行伍之中，即队伍中。

四

有唐资回鹘，健捷利驰逐。①
一朝入中原，蓈稗乱嘉谷。②
滋蔓遍八埏，心异非吾族。③
贪狠比豺狼，阴残如虺蝮。④
雄关壮三秦，今夏遭荼毒。⑤
赤子半沦亡，红颜尽虏辱。
一炬等重瞳，千里无遗屋。⑥
死者长已矣，生者吞声哭。
以夷而仇华，斯民诚无禄。⑦
此辈少为贵，少陵计之熟。⑧

【注】

① 有唐资回鹘，健捷利驰逐：回鹘兵剽悍善战，曾应唐肃宗相邀，参加唐朝平定安史之乱，但因其到处抢劫掳掠，也给中原人民造成苦难。杜甫《北征》："阴风西北来，惨淡随回纥。"
② 蓈稗：蓈、稗为二草名，似禾，实比谷小，亦可食。蓈，通"稂"。
③ 八埏：八方边远的地方。埏，yán，地的边际。
④ 虺蝮：蝮蛇类毒蛇。
⑤ 今夏：当指1862年夏。故这一组诗应作于1862年。
⑥ 一炬等重瞳：如同项羽一把火烧了阿房宫。重瞳：重瞳子。代称项羽。《史记》："又闻项羽重瞳子。"
⑦ 无禄：指没有禄命，没有禄食的运数。

⑧ 此辈少为贵：杜甫《北征》中句"此辈少为贵"，感叹唐王朝借回纥兵平叛的遗祸。

五

麾下万貔貅，①岂其尽忠烈。
谁登大将坛，巍巍秉斧钺。②
刑赏诚严明，可使入虎穴。
奈何叶师中，③错铸九州铁。
甘苦不与同，功过不与别。
强敌一朝来，奔窜如河决。
公然返故乡，邻里畴敢说。④
下既误苍生，上尤负圣哲。⑤
嗟嗟食人食，仓卒如胡越。⑥

【注】

① 貔貅：pì xiū，古籍中的两种猛兽。比喻勇猛的战士。
② 斧钺：斧和钺，古代兵器。喻兵权。
③ 叶师：即协师。清朝在洮州驻有协台（清代副将的别称），故地方常驻军队称为"协师"。
④ 畴：同"俦"，代词，表示疑问，相当于"谁"。
⑤ 圣哲：指超人的道德才智。此借指皇帝。
⑥ 嗟嗟食人食，仓卒如胡越：句意谓驻守地方的军队受百姓供给，遇敌仓皇无措，视百姓如敌人。胡越：胡与越。比喻敌人或对立关系。

六

年年苦兵戎,尚谓在远方。
今岁氛何恶,烽烟满故乡。
巩秦如累卵,河狄若探汤。①
洮水周遭处,强半成战场。②
一村逢杀掠,连郡势仓皇。
绅士严城守,商农执剑铓。
可怜妇女辈,觅死苦不遑。
火炮宵偶发,起视心茫茫。
那知度一日,恰似三秋长。

【注】

① 巩秦如累卵,河狄若探汤:两句是说陇右形势非常危急。巩,即巩昌,今陇西。秦,秦州,今天水。河,即河州,今临夏。狄,狄道,今临洮。探汤:用手探试沸水。形容戒惧。

② 洮水:黄河上游右岸最大一级支流,发源于甘肃西南与青海交界处的西倾山青海河南蒙古族自治县境内,流经今甘肃碌曲、卓尼、临潭、岷县、渭源、康乐、临洮、广河、东乡、永靖,于刘家峡水库下游汇入黄河。

七

昨岁雨旸愆，①九谷少丰熟。
今春徂秋冬，旱魃虐何酷。
占雨不盈锄，思云望穿目。
既焦陌上禾，复毙溪中蔌。②
干鹊时时噪，③赤乌日日曝。④
坤维脉亦衰，泉井俱潜伏。
饥渴互迫人，流亡日奔逐。
况愁胡羯来，旦夕防杀戮。
长跪祈苍穹，愿早赐民福。
腐儒奚足怜，惟怜此茕独。

【注】

① 雨旸愆：雨晴失调。此处指干旱。旸，天晴。愆，耽误。
② 蔌：sù，菜肴。
③ 干鹊：即喜鹊，鹊性喜晴，故名干鹊。
④ 赤乌：指太阳。

除夕对酒歌①

生当世乱苦兵革,守岁何曾恋除夕。
窃幸阖家尚团圆,一杯浊酒聊自适。
沉沉莲漏尽三更,②四野不闻爆竹声。
白狼黄鼠愁搏噬,山城刁斗日相惊。
为占云物观天色,蹑履出门夜昏黑。
佳节良辰奈愁何,光阴似此许消磨。
但愿黄鸡速报晓,新年或比旧年好。

【注】

① 除夕对酒歌:依据此首前后所作时间,此首当作于1862年除夕。
② 莲漏:即莲花漏。古代的一种计时器。

二月十二日书感

为视枭獍祸先胎,①变起无谋更可哀。
曲突徙薪轻上策,②开门揖盗恨庸才。③
错来竟铸九州铁,④闷极惟凭一酒杯。
天意茫茫何处认,沉吟独自步苍苔。

癸亥（1863,同治二年）

【注】

① 枭獍：见前《书感》之一【注】⑤。
② 曲突徙薪：把烟囱改建成弯的,把灶旁的柴草搬走。比喻事先采取措施,才能防止灾祸。曲：弯；突：烟囱；徙：迁移；薪：柴草。
③ 开门揖盗：开门请强盗进来。比喻引进坏人,招来祸患。揖：拱手作礼。此处开门揖盗,作者究竟所指何事不详,不管怎样,作者为朝廷的失策痛心不已。
④ 错来竟铸九州铁：错误之大,如同用全国的铁铸成。辛弃疾《感怀示儿辈》："错处真成九州铁。"

即 事

豺虎当前满,钲铙尽夜听。①
孤城危累卵,廿口似流星。
世乱身将老,春来草不青。
愁心无奈处,判醉不须醒。

【注】

① 钲铙:指铜锣。

守　城

外寇不闻唤守城，阴谋定欲祸苍生。
连天惨淡风尘色，彻夜喧嚣儿女声。
虎口谁怜头可戴，鸿毛自顾命原轻。
短衣长戟同仇意，莫说书生气尚横。

城上作

默默倚城楼,苍茫起远愁。
刀寒霜在手,漏紧月当头。
刁斗森兵气,风波幻谲谋。
莫将身世问,天意任沉浮。

出 门

向晓出门拂玉骢,漫将孤鹤寄笼中。
自来误国惟和议,或有能人赋《小戎》。[①]
雪黯云愁山未绿,村焚壁坏土犹红。
男儿只为忧时切,听到胡笳耳欲聋。

【注】

① 《小戎》:《诗经·秦风》篇名,写丈夫乘车出征,妻子在家思念他。

卓尼书感

一自依杨素,①心旌尽日悬。
空山余壁垒,暮雨暗风烟。
时事离弦箭,军机上水船。
每闻城柝起,伏枕不成眠。

【注】

① 杨素：本隋时大将、权臣,此处或比拟卓尼土司杨元。其时应在清同治二年（1863）,地方变乱剧烈,诗人正避居卓尼土司地界。

卓尼即事

低头听令复谁能,况是妖氛次第增。
说到凶残徒有恨,看来因果已难凭。
寒盟久已知叶护,急难何曾见信陵。①
自叹遭逢无一遇,清溪直欲伴鱼罾。②

【注】

① 寒盟:指背弃或忘却盟约。典出《左传·哀公十二年》。叶护:突厥官名。其职位仅次于可汗,为一个大部族中的分部之长,相当于唐代的大都督,常以可汗的子弟或宗族中的强者为之,属世袭职,此处或借喻卓尼土司。信陵:即信陵君。战国魏安釐王异母弟,名无忌,封信陵君。战国四公子之一。门下有食客三千。公元前257年,秦攻赵,赵求救于魏,他设法窃得兵符,击杀将军晋鄙,夺取兵权,解赵之围。同治陕甘乱起,洮州亦陷涂炭。时有洮州文庠生李荫园,众人公推为首办理团练,以求地方自保。李函请卓尼土司相助,双方约定出兵,不意土司兵不至,荫园民团兵被围,荫园亦罹难。连上句,诗人咏叶护、信陵君而慨叹李荫园遇难事。

② 鱼罾：鱼网。罾，zēng，古代一种用木棍或竹竿做支架的方形鱼网。

发卓尼

每凭浊酒渥尘颜,摇曳心旌鼓角间。
已矣行将随野鹤,殆哉肯复藉冰山。[1]
离怀已逐河流急,客意争如草色闲。
那管鹧鸪啼不住,一鞭遥指白云湾。

【注】

[1] 冰山:比喻难以依靠或凭借的力量。诗人这里应是有所特指,但又不便明言。

番村寓目

苍山几叠路盘西,烽火关心望大堤。
选树黄莺终未稳,临风班马不停嘶。①
宿云归壑初开霁,残雪沃尘半化泥。
寂寞河干频独立,荒鸡历乱午前啼。

【注】

① 选树黄莺终未稳,临风班马不停嘶:西北乱起,诗人虽暂时避难番村,但心绪不宁,总觉难以安居,忧虑不已。

移家番村①

绕户走清溪,开窗延秀岭。
相看百尺楼,住得陶宏景。②

汲泉水满衣,捧釜灰盈掌。
一笑认阄家,都为灶下养。③

壁灯高似月,土炕大于船。
颠倒诸儿女,晓来抵足眠。

道上逢亲友,寒暄意倍欢。
明知犹故土,各作异乡看。

【注】

① 墨稿此三首处有数语题赏:"番地情景如画,余曾亲入番村,故知其妙。陈其殷识。以上四绝,有盛唐风味,真千古不刊之作,佩服佩服,殷又识。"陈其殷者,未详何人。

② 陶宏景:南朝齐梁时丹阳秣陵(今江苏南京)人。好道术,爱山水。梁时隐居句曲山(今江苏茅山),梁武帝遇有朝廷

大事，常前往咨询，时人号为"山中宰相"。其《答谢中书书》极写山川风光之美，言短韵长。

③ 灶下养：旧时对厨工的辱称。《后汉书·刘玄传》："其所授官爵者，皆群小贾竖，或有膳夫庖人，多著绣面衣、锦裤、襜褕、诸于，骂詈道中。长安为之语曰：'灶下养，中郎将。烂羊胃，骑都尉。烂羊头，关内侯。'"后用"灶下养"为厨工的辱称，又借指无能的武将。"烂头羊"喻指贪官污吏。

书愤（六首）

一

窃城反诩守城功，①怒目抗怀气倍雄。②
狡兔营成三窟后，哀鸿絷入一笼中。
腥膻渐觉街衢满，馈赠敢辞杼柚空。③
可惜太阿谁倒柄，④伤心惟有泣苍穹。

【注】

① 窃城反诩守城功：此或指清同治初年，洮州中军都司丁永安借由据守旧城，窥情叛服之事。
② 抗怀：谓坚守高尚的情怀。
③ 杼柚：织布机上的两个部件，即用来持纬（横线）的梭子和用来承经（直线）的筘。亦代指织机。杼柚空：形容生产废弛，贫无所有。
④ 太阿：古宝剑名。相传为春秋时欧冶子、干将所铸。喻权柄。

二

胪陈条例示严威，①万种权由一寺持。
徭役妄言军务重，机宜何用宰官知。
藉团索饷仓频发，诬谍杀人鬼尚疑。
离乱春禽无处宿，山头随意树旌旗。

【注】

① 胪陈：逐一陈述。
墨稿此首作者附注："公私事皆由礼拜寺主持。杀汉民诬之曰汉奸。"

三

妖星闪灼指龙堆，①满地愁云荡不开。
一堡甘从杨业死，单身漫恃李阳来。②
怕闻风鹤宵惊起，苦说官兵日费猜。
处处荒田余宿草，春郊犹自雨声哀。

【注】

① 妖星：古代指预兆灾祸的星，如彗星等。龙堆：白龙堆的略称。古西域沙丘名。唐太宗《饮马长城窟行》："都尉反龙堆，将军旋马邑。"清纳兰性德《满庭芳》："堠雪翻鸦河冰

跃，马惊风吹度龙堆。"这里应是借指西北。

② 一堡甘从杨业死：清同治三年（1864）三月，洮州大乱，卓逊堡被乱军攻破，副千户土司杨绣春战死，百姓三百余人被杀。杨业：北宋戏剧《杨家将》中之杨继业。此处借指杨绣春。李阳：所指未详。墨稿此首作者附注："回匪破卓逊堡，杀土司杨某及百姓三百余人。"及"时副将李玉珍来洮，亦未带兵"。

四

争言奔窜莫仓皇，寇至谁筹捍御方。
瓦釜忍教烹赤子，金身却是累空王。①
村缘经火逢春黯，燕为无巢趁社忙。
苦雨凄风当此夜，冤魂泣诉阵云凉。

【注】

① 金身：装金的佛像。空王：佛教语。佛的尊称。佛说世界一切皆空，故称"空王"。

墨稿此首作者自注："圆成寺、嘛噜寺皆为贼焚掠，铜像荡然。"其事在同治三年（1864）八月，河州起事回民攻入洮州，先破圆成寺，再破洮城（《临潭县志》1997年版）。圆成寺，即今侯家寺，始建于元，因寺垣呈圆形，故称圆成寺。又明代著名太监侯显随郑和下西洋及入藏护迎藏僧至京等事有功，晚年乞回原籍洮州居圆成寺，故该寺又称侯家寺。嘛噜寺，今玛奴寺，在今临潭县城南二里，始建于明初。今属卓尼辖地。

272

五

狼狈相依势愈骄,诸公应悔弃刍荛。①
连天烟雾愁氛恶,五色衣冠验服妖。②
地下无坟埋战骨,途中有马载阿娇。
逢人莫说流离苦,惹得沾巾泪万条。

【注】

① 刍荛:乡间无见识之人,谦辞。作者或者曾向当时地方当权者提出过御防匪乱的措施建议。
② 五色:青、赤、白、黑、黄五种颜色。古代以此五者为正色。泛指各种颜色。衣冠:衣和冠。古代士以上戴冠,因用以指士以上的服装。借指文明礼教。服妖:服饰怪异。古人以为奇装异服会预示天下之变,故称。

六

为借贺兰命锦骖,①此行那料付空谈。
时机预卜文人厄,肉味徒教说士甘。②
醉里闻笳添雪鬓,晓来看剑拂霜镡。③
雄心未遂请缨志,辜负终军是异男。④

【注】

① 贺兰：此处或指北周贺兰祥。贺兰祥，鲜卑族，北周开国元勋，北周明帝武成元年（559），奉召与宇文贵征讨吐谷浑，拔其洮阳、洪和二城，置洮州，此为历史上首置洮州。这里或因其为少数民族将领而喻指当时洮州属卓尼第十七任土司杨元，即杨善亭。
② 说士：游说之士。此处作者自指。墨稿此首作者自注："予时赴卓尼杨善亭指挥处。"
③ 镡：剑柄上端与剑身连接处的两旁突出部分。
④ 终军：见前《人日立春》注③。

偶　成

戎马惊心日，家园入梦时。
朝来看双鬓，不信不成丝。

移家洮河之南[1]

莫讶村何小,须知地自偏。
一河聊据险,[2]廿口且图全。
院隘犹疑屋,檐深总蔽天。
晨昏容膝处,似在钓鱼船。

【注】

[1] 原诗题旁注释为"地名多巴族"。多巴族,今多坝村,属卓尼县木耳镇镇政府所在地,在洮河南岸大峪沟口,大峪沟河在此注入洮河。清同治年间西北乱起,作者举家避居此地。
[2] 一河聊据险:昔日洮河除木船摆渡,极少桥梁,河南属土司属地,且多山高林密,若临潭兵匪乱起,百姓多逃往河南避祸,土司亦每给予庇护。

新　燕

番村新见尔双飞，绣户朱梁事事非。
营垒尚余斯地好，窥人应比去年稀。①
风前试剪寒犹重，树外衔泥雨自微。
好把呢喃消旅况，长河西畔尽危机。②

【注】

① 窥人应比去年稀：频年战乱，使人民或流离失所，或死于非命，故如此说。
② 长河西畔尽危机：指当时临潭正在同治之乱中。长河，指洮河。洮河发源于甘、青交界处的西倾山麓，东流至岷县又折而向北，临潭处在东流之北、北流之西，故说长河西畔。

闻卓尼警信①

莫道搀枪易扫除,②匆匆一溃竟何如。
军无纪律人徒众,地恃山河计已疏。
劫寨明知应此策,补牢底事忽当初。
可怜星散云奔后,缘路春泥溅满裾。

【注】

① 闻卓尼警信:墨稿此首作者自注"予以调兵守卓尼说杨善亭,弗听"。
② 搀枪:亦作"搀抢"。彗星名,古人以为妖星,主兵祸。此诗应作于1864年。据《临潭县志稿》,是年初,卓尼土司杨元等御乱不果,散去。

寓 目

绕我岚光面面遮,野田移步路忘赊。
东风不解兵戎苦,犹放林间杏子花。

中秋对月

夜气凄凉雨后天,长风送月到樽前。
清光只觉中秋好,番地曾逢七度圆。
梓里几时消战垒,银釭何日照华筵。[1]
惟将诗句酬佳节,独坐空堂不忍眠。

【注】

[1] 银釭:银白色的灯盏、烛台。

赠绳亭吕茂才① (二首)

一

旧雨多年两地分,②相逢乱后倍殷勤。
萍踪无定应怜我,华屋久留最感君。
琴遇春和频奏响,鸟缘树好更呼群。
指囷高谊今尚在,③回首长天薄夏云。

【注】

① 茂才:即秀才。因避汉光武帝名讳,改秀为茂。明清时入府州县学的生员叫秀才,也沿称茂才。吕绳亭,生平不详,既与作者初识少年场,又同时考上秀才,应是作者同乡同年。
② 旧雨:《寄子能二首》【注】①。
③ 指囷:慷慨资助之意。典出《三国志·吴志·鲁肃传》:"周瑜为居巢长,将数百人故过候肃,并求资粮。肃家有两囷米,各三千斛。肃乃指一囷与周瑜。"

二

记初识面少年场,折得宫芹彼此香。①
过眼同惊新岁月,待人独有热心肠。
花前纵酒山禽至,灯下清谈夜雨凉。
频触子昂诗画癖,②几回握笔为君忙。

【注】

① 折得宫芹:即考中秀才,成了县学生员。宫,即学宫。古时学宫有泮水,入学则可采水中之芹以为菜,故称入学为"采芹"或"入泮"。作者大概与吕茂才同时考上秀才的。
② 子昂:赵孟頫,字子昂,宋皇室后裔,元初书法家、画家。

题吕仙像[①]

吕仙避乱恋烟霞,一得金丹忘岁华。
试问当年携眷去,遇何福地置全家。

【注】

① 吕仙:即传说中的仙人吕洞宾。诗人避乱他乡多年,有感而发。

塞上曲

草枯山势耸,霜落河声小。
皓月映黄砂,凄凉不肯晓。
历乱起胡笳,听之梦魂扰。
莫信幽并儿,[1]意气凌八表。[2]

【注】

[1] 幽并儿:古代幽、并二州多豪侠之士,故用以喻侠客。语出三国魏曹植《白马篇》:"借问谁家子?幽并游侠儿。"幽并:幽州和并州,今河北山西两省北部地区。目睹家园陷于战乱多年,难于平靖,诗人幽愤难平。
[2] 八表:八方之外,指极远的地方。

九日独登青石峰[1]

霜高叠嶂出崚嶒，寂寞登山感倍增。
万木战风秋欲语，长河吞石水生稜。
白衣送酒真无望，[2]赤手屠鲸恨无能。[3]
欲折黄花簪两鬓，萧萧短发竟难胜。

【注】

① 青石峰：疑即青石山，在今临潭县洮滨镇境内洮河北岸，山势挺拔高峻，昔日上下游之间须翻山岭始可通行，2000年年底在此建成青石山水电站。
② 白衣送酒：比喻自己所渴望的东西朋友正好送来，遂心所愿。白衣：古代平民穿白布衣，因指没有取得功名的人。
③ 鲸：喻凶恶的人。

乱后白酒难得，山中所酿者味最薄。不得已，取而饮之，久亦觉佳，遂醉后作长句

男儿百无一成惟耽酒，日日危坐杯在手。
放怀只要慰晨昏，作病何须论卯酉。①
年来且幸醉而康，麹生麹生吾良友。②
蜂喧蝶舞报花开，竹压松吟逢雪厚。
当时一举累百觞，万种闲愁何处有？
既不能如海上飞仙跨彩鸾，又不能如朝中新贵萦紫绶。
但愿座上杯不空，傥来之物真刍狗。③
忧国有人吾布衣，醉看太平到白首。
何其烽火照中原，世运艰难逢阳九。④
太息边陲亦苦兵，山城都怀聚群丑。
白银佳酿久不逢，未许千钱沽一斗。
偶嗅空瓶口流涎，枯肠辄作怒雷吼。
遥指青旗入山村，山家酒薄难入口。
太宰曾美不可求，⑤饥饿得无谋草糗。⑥
橄榄久回甘，⑦公然一醉敌陈馊。
颜酡耳热歌乌乌，⑧手把松枝击瓦缶。

踏月归来露满衣，醒后已看日穿牖。
妻孥争问惟点头，今朝还向酒家走。

【注】

① 作病：发生疾病，致病。卯酉：早晚。卯，卯时，早晨；酉，酉时，傍晚。亦用以代指岁月。据《黄帝内经》，卯酉年，若阴阳之气阻抑，人易生心悸暴烦之病。

② 麴生：指酒。蒲松龄《聊斋志异·八大王》："故麴生频来，则骚客之金兰友。"

③ 傥来之物真刍狗：意谓偶然得到的东西不必在意。傥来：意外得来，偶然得到。刍狗：古代祭祀时用草扎成的狗。《老子》："天地不仁，以万物为刍狗；圣人不仁，以百姓为刍狗。"喻微贱无用的事物。

④ 阳九：见前《磻溪》注③。

⑤ 太宰：三代掌馔之官。此借指美味。

⑥ 草糗：野菜与干粮。《孟子·尽心下》："舜之饭糗茹草也。"

⑦ 橄榄：常绿乔木，羽状复叶，小叶长椭圆形，花白色，果实长椭圆形，两端稍尖，绿色，可以吃，也可入药。

⑧ 乌乌：歌呼声。《雪中饮酒放歌》注④乌乌歌。

山中晚眺

趁凉独去傍林隈，满地斜阳暮影催。
酿雨云归山霭重，刈田人散鸟声来。
最难消遣愁千叠，且把酩酊酒一杯。
久作寓公应许讥，樵翁渔子漫相猜。

山中即事①

深山已许寓吾躬,日日追欢兴不穷。
鹄的朝悬风定后,②鱼笼夜下月明中。
麦初抽穗参差绿,花不识名历乱红。
箬笠芒鞋随处去,枥边闲散玉花骢。

【注】

① 墨稿此首作者自注:颔联初作"鹄的高悬村径外,鱼竿独把树阴中"。
② 鹄的:箭靶子的中心,或练习射击的目标。

对 酒

闲愁催人易皓首,何以驱除曰惟酒。
囊底黄金□□□,①不如一杯日在手。
旷怀妄欲齐死生,②笑入醉乡莫开口。
交道朱门苦不终,黄公垆边伴屠狗。③
有酒不饮人笑痴,君如不信问花柳。

【注】

① □□□:墨稿此处字迹难辨,各抄本无此首。
② 齐死生:庄子观点,认为万物存没本质是相通的。
③ 黄公垆:见前《题〈列仙传〉后》【注】。屠狗:后亦泛指出身低微者或位卑的豪杰之士。

读《梨云诗钞》赠王心如①

忆昔与君同笔砚,读君鸿文辄惊叹。
萍踪一别廿余秋,②得读君诗复拍案。
深思妙想出未曾,一缕心血运万卷。
共讶莫邪吐白虹,③岂知当时经百炼。
嗟我平生亦苦吟,力屩气馁何足算。④
君邀旗鼓两相当,邹人敢与楚人战。⑤
惟愿借归向客窗,焚香展纸手钞编。⑥

【注】

① 王心如(1822—1905):王权,字心如,号笠云,甘肃伏羌(今甘谷县)人,道光二十四年(1844)举人。一生著述宏富。诗集有《笠云山房诗集》。集名与心泉此首所题有异。
② 萍踪一别廿余秋:此诗未署作于何年,原稿中前有1863年2月12日诗,后有1864年立春日诗。此诗当作于此一期间。清道光二十三年(1843),赵维仁二十出头,以明经中优贡,此后多次应试不第。而王权于清道光二十四年(1844)中举。二人相识,当在此时。但同治初作者正避乱于卓尼,不知从何获读王权诗卷。

③ 白虹：宝剑名。汉赵晔《吴越春秋·阖闾内传》载，吴王阖闾派干将铸剑，铁汁不下，干将的妻子莫邪跳入炉中，铁汁乃出，铸为二剑。雄剑为干将，雌剑名莫邪。后遂用为宝剑名。此句连同下句是说友人王权呕心沥血，作成《梨云诗钞》，来之不易。

④ 力孱气馁：力弱气怯。何足算：不足称道。句意谦称自己能力不足。

⑤ 君邀旗鼓两相当：墨稿此句后作者有注，其文为："心如邀予倡和，予以事匆匆旋里。"

邹人敢与楚人战：作者自比弱小的邹人，比王权为强大的楚人，以示对王权的敬服。《孟子·梁惠王上》："'邹人与楚人战，王则以为孰胜？'曰：'楚人胜。'"此连上句是说，王心如当年所邀请唱和者皆为学识才气相当者，自己虽在其列，但实不足当。

⑥ 编：此字出韵，当为"遍"之误。

夏日河干垂钓

移家傍山隈,垂钓临洮水。
危坐野花中,招凉丛树里。
波平雨欲晴,纶动风微起。
声影聚儿童,潜鳞惊已逝。
偶然亦有获,陋劣非鲂鲤。
岂其口腹求,聊以助游戏。
山光怡幽情,鸟语砭俗耳。
得鱼固自佳,无鱼亦堪喜。

客中冬夜有感（四首）

节序临冬逼，宵寒向客生。
河冰淆月色，岩树劲风声。
老至怜时乱，身孤怯烛明。
凄凉乡梦断，坐尽短长更。

乡村焚掠尽，天意可回无。
何日除枭獍，①频年伴鹭凫。
山寒风雪暗，斗转岁华徂。
寸木难支厦，②惭颜一腐儒。

故园诸父老，莫漫寄当归。
自问无良策，谁能触祸机？
行随流水去，好伴野云飞。
家业浑闲事，空山赋采薇。

苦乐初何有，吾将一听天。
楼寒知壁薄，灶暖幸床连。③
大劫层层忆，新诗字字圆。
情怀殊未减，耐冷辣吟肩。

【注】

① 枭獍：见《书感》之一【注】⑤。
② 寸木难支厦：作者以为危局之中，未必无有能力之士，只因其少，孤掌难鸣。不知作者是自指，还是指人。作者是空怀救世之志，只将满腔愁绪，尽付困居而无可奈何。
③ 灶暖幸床连：藏族牧村人家灶台后连土炕，炊火兼做土炕供热，炕称连锅炕，一举两得。

旅夜枕上口占

冬宵破曙迟,别绪倍凄其。
巷犬回残梦,林风乱客思。
徒寒孤枕觉,频起一灯知。
尽夜无鸡唱,窗闲月自移。

冬 至①

添线光阴岁又阑，②那堪飘泊驻河干。③
天心虽复何由识，世乱孔殷只自叹。④
白甓瓶空愁酒贵，黑貂裘敝御冬难。
家园此去无多路，寂寞还如客里看。

【注】

① 冬至：依诗稿排序，此当为1863年冬至。
② 添线：意即冬至后白昼渐长。
③ 河干：河边，此指洮河边，此时诗人仍避乱客居洮河南岸藏村。
④ 孔殷：很急迫。

邨 夜

雪紧灯昏夜,山村寂坐时。
风狂排树急,月冷下山迟。①
人语穿林出,钟声隔岸知。
家园无恙在,去去苦无期。

【注】

① 月冷下山迟:墨稿此诗后作者自注又作"月冷入楼迟"。

谢友人惠木炭

朝来兽碳寄盈筐，①料得袁安冻欲僵。②
添火频欺新雪色，围炉时作古松香。
坐因分暖衔杯久，笔不劳呵着纸忙。
无怪穹庐寒意减，③知君赠我热心肠。

【注】

① 兽碳：泛指炭。烧炭作兽形，典出《晋书·外戚传·羊琇》。洮地旧日亦烧木炭，并无此俗。
② 袁安：东汉名臣，汝南汝阳（今河南商水）人。三国魏周斐《汝南先贤传》："时大雪积地丈余，洛阳令身出案行，见人家皆除雪出，有乞食者。至袁安门，无有行路，谓安已死。令人除雪入户，见安僵卧。问：'何以不出？'答曰：'大雪，人皆饿，不宜干人。'令以为贤，举为孝廉也。"
③ 无怪穹庐寒意减：墨稿此句后作者自注"时寓番村"。

游山寺

霁日破山谷,登临兴不慵。
入林逢古寺,缘路看青松。
鹊啄空坛雪,僧敲别院钟。
佛灯明灭处,帷幔隐重重。

除　夜

去年除夜天昏黑，①豺虎入城心恻恻。
今年除夜星斗明，寓住番邨归不得。
土壁纸窗冷难禁，山家酒薄那堪斟。
痴儿守岁强解事，絮语灯前坐更深。

【注】

① 去年：当指清同治二年（1863），清同治元年（1862），西北地方大乱，第二年，乱及洮州。诗人携家避乱洮河南岸卓尼土司属地，同时期临潭另一诗人陈钟秀携家避乱岷州（今岷县）。

元　日

客里逢元日,[①]流光又一年。
儿孙虽咫尺,阻滞隔云天。
供役惟稚子,相对颇黯然。
同时避地者,[②]情好互相怜。
贺岁来予室,纵横坐榻前。
石瓢酌浊酒,松叶煮寒泉。
世乱身仍暇,春归日乍延。
共期烽火静,不觉语缠绵。

【注】

① 元日:正月初一。
② 同时避地者:避乱此地者,非一家一室一人。以下数句,谓离乱中时至年终节日,相聚相慰,无限凄怆中而又有些许温馨。

甲子元日闲步立春日

偶为入春傍水行,水边又见草初生。
寻花问柳浑闲事,期与山翁话太平。

元　夜[1]

春灯几点照愁颜，肠断番歌夷语间。
忍是无情斜背月，独依北斗望家园。[2]

【注】

① 元夜：即元宵。
② 独依北斗望家园：句含杜甫《秋兴八首》之二"每依北斗望京华"之意，只是杜诗"每依"是常常之意，以见心情的殷切。这里说"独依"，是诗人别有怀抱，难为他人所知，亦难为他人所道。

春初苦寒

腊尽春回日,风狂雪虐天。
晨窗蒙耳坐,夜榻曲腰眠。
草茁青无色,冰凝白更妍。
连朝学虫蛰,不敢到门前。

连日晴和，觉有春意

儿童拍手弄朝暾，破却懒残一倚门。
陡觉敝裘温有力，渐看积雪化无痕。
出林幽鸟调春舌，晒翅痴蝇返冻魂。
作客莫愁薪火贵，①黄绵袄里度晨昏。②

【注】

① 薪火：柴火。薪火贵，代指物价贵。
② 黄绵袄：即黄绵袄子。比喻冬天的太阳。宋罗大经《鹤林玉露》卷一："壬寅正月，雨雪连旬，忽而开霁。闾里翁媪相呼贺曰：'黄绵袄子'出矣。"

春日感怀（六首）

一

畴怜壮志日消磨，岁月匆匆感逝波。
诗卷初编新甲子，①天心未改旧山河。②
城狐社鼠依然在，③征雁哀鸿逐处多。
极目烽烟何日息，从军欲奋鲁阳戈。④

【注】

① 甲子：此首作于甲子年（1864）春。作者大概此年开始将自己的诗作编选结集。

② 天心：犹天意。句意谓世乱仍未结束。第二联墨稿作者自注：次联一作"生如有命当平贼，愁到无聊且著书"。

③ 城狐社鼠：城墙上的狐狸，社庙里的老鼠。比喻依仗权势作恶，一时难以驱除的小人。社：土地庙。

④ 鲁阳戈：比喻力挽危局的手段或力量。《淮南子·览冥训》："鲁阳公与韩构难，战酣日暮，援戈而㧑之，日为之反三舍。"

二

九九寒消尚客居，茫茫天意定何如。
世无可问聊耽酒，志或竟成且著书。①
乍觉缊袍晴日重，②谁怜良友乱时疏。
东风犹自吹芳信，③记起花间旧草庐。

【注】

① 世无可问聊耽酒，志或竟成且著书：墨稿诗后作者原注"此联一作'生如有命当平贼，愁到无聊且著书'"。
② 缊袍：以乱麻为絮的袍子。古为贫者所服。
③ 芳信：花开的讯息。春日百花盛开，因亦以指春的消息。

三

此生何事误闲愁，眼底妖氛苦未收。
意气恨无燕市侠，①头衔惟署醉乡侯。②
莫轻借箸筹奇策，③只合抽身博浪游。④
毡笠芒鞋浑不碍，深山茅舍自淹留。⑤

【注】

① 燕市侠：荆轲那样的侠客。荆轲，战国末著名刺客。齐人。徙卫，人称庆卿。至燕，人称荆卿。日与狗屠游侠饮于燕

市。燕太子丹奉为上宾，衔命入秦刺秦王嬴政，事败被杀，事见《史记·刺客列传》。
② 醉乡侯：戏称嗜酒者。
③ 借箸筹奇策：即借箸代筹。原意是借面前的筷子来指画当前的形势。后比喻从旁为人出主意，计划事情。诗人曾为当时卓尼土司杨元筹划军事，然不得其用。参见前《闻卓尼警信》注①及后《从善亭指挥登白石山阅番兵》一诗。
④ 博浪：地名。在今河南省阳武县东南。秦末张良与力士阻击秦始皇于此。
⑤ 淹留：逗留，滞留。

四

野蕨青青日可芼，①偶逢村酿当醇醪。
无鱼莫复思弹铗，②成佛其如尚佩刀。③
客况消磨身转健，人烟萧瑟兴难豪。
伤心老大犹漂泊，对镜愁生见二毛。④

【注】

① 芼：拔，采摘。
② 弹铗：弹击剑柄。铗，剑柄。用冯谖弹铗典，事见《战国策·齐策四》。
③ 其如：怎奈，无奈。刀：喻恶念妄想。
④ 二毛：花白的头发。

五

谈何容易思请缨,①拂袖翻然汗漫行。②
群盗尚能怜李涉,③诸公未解重侯嬴。④
得间枭獍真无赖,⑤失路英雄怕有名。
只合披蓑山里去,幽林深处听新莺。

【注】

① 请缨:见前《人日立春》【注】③。
② 汗漫行:即远游。
③ 群盗尚能怜李涉:唐李涉《井栏砂宿遇夜客》。诗句:"暮雨潇潇江上村,绿林豪客夜知闻。他时不用逃名姓,世上如今半是君。"据《唐诗纪事》,涉尝过九江,至皖口(在今安庆市,皖水入长江的渡口),遇盗,问:"何人?"从者曰:"李博士(涉曾任太学博士)也。"其豪酋曰:"若是李涉博士,不用剽夺,久闻诗名,愿题一篇足矣。"涉遂赠诗云云。
④ 侯嬴:战国时魏国人,才不为人世用,但安贫乐道,七十多岁仍为守城门小吏。后为魏国信陵君所重,献窃符救赵之计,但又感对魏君不忠,自刎而死。
⑤ 得间:有隙可乘,得到机会。枭獍:见《书感》之一【注】⑤。

六

世路茫茫每苦歧,念家情重胜伤离。
登场傀儡多庸士,屈指公卿几可儿。
生遇良时贫亦得,世无乐土乱方知。
仲宣习气今犹在,[①]忘却干戈只咏诗。

【注】

① 仲宣:东汉末王粲,字仲宣,"建安七子"之一,作《登楼赋》以抒羁旅之愁和怀才不遇之情。

无 题[1]

又听林间鸟乱啼,遣怀踏遍路高低。
三农望杏无牛种,[2]古驿临风只马嘶。
芳草朝来生雪后,美人昨去隔桥西。
为谁细诉当时事,一度思量一惨悽。

【注】

[1] 无题:此首失题。此题目系校者所加。
[2] 三农:古谓居住在平地、山区、水泽三类地区的农民。后泛称农民。望杏:指劝耕的时节。牛种:牛与谷种。

关山月

关山月,皎洁如霜雪。
不照人团圆,只照人离别。
揽衣顾影独徘徊,回首望家空叹绝。
斗斜转,夜正长,流水无声去不返。
故园遍地足豺狼,朔风吹衰草,嘹亮雁南翔。
此身无羽翼,何以趁辉光。
关山月,那忍看,
客里记盈亏,中心增愤惋。①

【注】

① 愤惋:怅恨,愤恨。

乌夜啼

乌夜啼,声声何惨凄。
一听心摇荡,再听泪满衣。
深林幽邃不归去,故傍人家庭树栖。
月西坠,风倒吹。
征人驿路嗟行役,少妇高楼怨别离。
何况值兵戎,萍踪屡转移。
骨肉久阻隔,吉凶尚未知。
乌夜啼,心如醉,
自非食蓼虫,①日尝辛苦味。

【注】

① 蓼虫:比喻人安于习惯,不知辛苦。蓼,一种有辣味的草。蓼的味苦,寄生于蓼的虫不觉得它苦。

行路难

其一

险不必逆风喷雨之狂澜,
高不比干霄拔地之崇山。
昔也连辇并进无相碍,[①]
今也举步欲行意茫然。
修蛇绕我后,封豕蹲我前。
奇鸺昏夜哭,老棘森道边。
侧身四顾多辛艰,男儿坐困亦可怜。
行路难,在平地,
岂其无乐郊,恨少凌云翅。

【注】

① 辇：chái,连车。

其二

维南有箕阻潇湘，维北有斗隔大荒。
区区咫尺地，处处无康庄。
青山连绣甸，化为麋鹿场。
屋焚壁破色苍凉，森森白骨泣斜阳。
比壤邻村各一方，行人欲过畏锋芒。
行路难，不在远，
归去渺无期，一日肠九转。

雪后吟

雪释野风柔,良苗滋绿满田畴。
万卉皆向荣,人生纠结不胜愁。
拔剑斩蛟非无力,波涛飞涌空叹息。
平林日暖鸟争啼,记得去年阶乱时。①

【注】

① 阶乱:引起祸乱。祢衡《鹦鹉赋》:"岂言语以阶乱。"《易·系辞上》:"乱之所生,则言语以为阶。"

书感（五首）

一

春风扇紫陌，万汇际良时。①
对酒当歌日，如何重别离。
苍茫家室隔，谁复料安危。
鸿鹄能高举。何劳矰弋为。②

【注】

① 万汇：犹万物，万类。
② 矰弋：系有生丝绳以射飞鸟的短箭。

二

至人不近名，①上治不言利。②
以欲思从人，休和庶可致。

云路远无期，大鹏悲垂翅。
长年大布衣，③弃置复弃置。

【注】

① 至人：道家指超凡脱俗，达到无我境界的人。
② 上治：意即上等的治国理政，不以利为重。《孟子·梁惠王章句上》："上下交征利而国危矣。"朱熹《孟子集注》以为，孟子并非完全排斥利，不过是针对当时唯利是图的世风矫枉过正而已。
③ 布衣：粗布衣服。旧常称平民。

三

归云无驻影，流水无停波。
百岁将过半，韶光速掷梭。
未投定远笔，①谁挽鲁阳戈。②
回首思少壮，此生怨蹉跎。

【注】

① 定远：东汉班超早年家贫，为官佣书，尝投笔叹曰："大丈夫无他志略，犹当效傅介子、张骞立功异域，以取封侯，安能久事笔砚间乎？"后奉使西域，立功，封定远侯。事见《后汉书·班超传》。
② 鲁阳戈：见前《春日感怀注》④。

四

野鸟怀好音，山花逞媚色。
雕虫耻壮年，①聊以舒胸臆。
接迹仰风人，②精思苦难得。
浣青人已遥，③掩卷增叹息。

【注】

① 雕虫：指写作诗文辞赋。句意即雕虫小技，壮夫不为。语本汉扬雄《法言》。
② 风人：诗人。
③ 浣青：其意不详。

五

萋萋草渐菲，历历花初孕。
越燕趁社归，巢倾栖未定。
共谁挽西江，一洗腥膻净。
尺柄操无由，①烟霞生远兴。

【注】

① 尺柄：尺寸大小的权力。比喻微小的权力。柄：权柄。

山中即事（三首）

弱柳小桃一径斜，寻芳屡过梵王家。
关心细向枝头数，比昨又添几朵花。

夜雨敲窗酒力微，河干破晓趁晴晖。
东风吹上桃花水，失却冬来旧钓矶。

林间野鸟乱啁啾，一饷朝朝汗漫游。
莫问乡居缘底事，频年只当为山留。[①]

【注】

① 莫问乡居缘底事，频年只当为山留：因避乱寓居山中，万般无奈中，故作此达观语，以自宽慰。

咏　古（十二首）

一

邯郸求魏救，急难信陵君。①
三晋实唇齿，②岂惟重私亲。
窃符明知擅，吞噬愤狂秦。
谢罪归田里，延宾日饮醇。③
红颜充大隐，床笫作渭滨。④
文胜犹非偶，续貂笑春申。⑤

【注】

① 邯郸求魏救，急难信陵君：见前《卓尼即事》【注】①信陵。
② 三晋：战国时赵、韩、魏三国的合称。赵氏、韩氏、魏氏原为晋国卿，战国初，分晋各立为国，故称。其地约当今之山西省及河南省中部、北部，河北省南部、中部。在秦灭六国的过程中，赵、韩、魏实同唇齿相依。赵国平原君夫人为魏国信陵君姐姐，二人系郎舅关系。但秦伐赵，信陵君窃符救

赵,并非出于私情。

③ 谢罪归田里,延宾日饮醇:两句是说,信陵君窃符救赵后,为避祸居住在赵国,他在魏国的门客们又追随他来到赵国。而他也依旧访贤寻友,不久又门庭若市。

④ 红颜充大隐,床第作渭滨:所指未详。

⑤ 文胜犹非偶,续貂笑春申:孟尝君田文、平原君赵胜,也并非自始至终得到君王的赏识信任而事事顺遂如意。春申君:战国楚人黄歇(?—公元前238)的封号。楚考烈王元年出为相,封为春申君,赐淮北地十二县;后改封于江东。曾救赵却秦,攻灭鲁国。相楚二十五年,有食客三千。与齐孟尝君、赵平原君、魏信陵君齐名,史称战国四君子。考烈王死,春申君为李园所杀。续貂笑春申:所指未详。或指春申君纳门客李园妹,有孕而进之楚考烈王,生子立为太子,考烈王卒,春申君为李园所杀。太子继位,即楚幽王。

二

周公膺戎狄,①恶夷与华乱。②
逞欲远开边,③和亲实肇汉。④
有唐资回兵,⑤狁焉布禹甸。⑥
礼教历千年,⑦梗顽犹未变。⑧
阴残足谲谋,⑨大为斯民患。
遍地生莠稂,谁其除滋蔓。

【注】

① 周公膺戎狄:周公攻伐戎狄。膺,讨伐,打击。《诗经·鲁

颂·闷宫》："戎狄是膺，荆舒是惩。"
② 恶夷与华乱：痛心、憎恶夷族祸乱华夏。
③ 逞欲远开边：为满足欲望开拓边远疆土。
④ 和亲实肇汉：和亲措施始于汉高祖刘邦。
⑤ 有唐资回兵：指安史之乱中，唐王朝借回纥兵平乱收复两京。
⑥ 禹甸：本谓禹所垦辟之地。后因称中国之地为禹甸。典出《诗经·小雅·信南山》："信彼南山，维禹甸之。畇畇原隰，曾孙田之。"
⑦ 礼教：礼仪教化。
⑧ 梗顽犹未变：指十分顽固，无法感化。梗顽：顽固。
⑨ 谲谋：诈谋。

三

虞卿挟魏齐，弃印同奔窜。①
司马悲李陵，上书获重谴。②
安邱孙宾石，复壁藏俊彦。③
孰料卖饼人，相逢初睹面。
结交仰前贤，意气干云汉。
阡陌近纷纷，此谊难再见。

【注】

① 虞卿挟魏齐，弃印同奔窜：战国时做赵国相国的虞卿，与前来赵国平原君处避难的魏国相国魏齐友好，平原君不愿见魏齐，虞卿便私自抛弃相印，陪着魏齐逃亡齐国。这一首说友情。
② 司马悲李陵，上书获重谴：司马迁为伐匈奴战败的李陵辩

护，自己却因此获重罪，被处以宫刑。

③ 安邱孙宾石，复壁藏俊彦：东汉桓帝时，赵岐为避仇家迫害，隐姓埋名，四处奔逃。北海市中卖饼时，被安邱人孙宾石（名孙嵩）发现。岐素闻嵩名，即以实相告，投奔其家，藏于夹墙之中，躲避灾难。此即难中投止的典故。

四

汉文持恭俭，①岁岁赐田租。
源开流不节，出入量难符。
一旦度支绌，②催敲比乐输。③
摸金与搜粟，④名号竟何如。
遂令蚩蚩者，⑤哀鸿遍野呼。
堂阶渺隔绝，利臣计锱铢。⑥
饿殍子舆语，⑦流民郑侠图。⑧
欲陈治安策，⑨先烹桑大夫。⑩

【注】

① 汉文持恭俭，岁岁赐田租：汉文帝奉行节俭、休养生息政策，减轻地税、赋役和刑狱，使农业生产有所恢复和发展。

② 度支：规划计算（开支）。

③ 乐输：自愿输纳。

④ 摸金与搜粟：即"摸金校尉"与"搜粟都尉"。皆古代官职名。摸金校尉，最早为三国曹操所设，专司盗墓取财，补贴军饷。搜粟都尉，汉武帝时置，掌筹措军粮。此处应皆指掠夺财物的军官。

⑤ 蚩蚩者：指平民，百姓。蚩蚩：无知。无知无识的人民。
⑥ 锱铢：锱和铢。比喻微小的数量；比喻微利，极少的钱。
⑦ 殍：piǎo，饿死的人。
⑧ 流民郑侠图：宋熙宁六年，郑侠见岁歉而赋急，流民相携塞道，因命画工悉绘所见而成《流民图》，奏献宋神宗，并上疏极言新政之失。
⑨ 治安策：亦称《陈政事疏》，西汉文帝时贾谊上奏的以解决诸侯国问题为内容的策论。
⑩ 桑大夫：即桑弘羊。西汉武帝时为治粟都尉领大农丞，尽管天下盐铁，作平准法，国用以饶。元封中，官御史大夫，与霍光同受遗诏，辅昭帝。后自伐其功，怨望霍光，与上官桀谋反，为霍光所杀，传被烹死。

五

驭贵有大权，朝廷重名器。①
钱谷擢次公，②滥觞洵有自。③
葡萄博凉州，④诰身易一醉。⑤
狗尾纷续貂，屠沽亦显位。⑥
官常既已乖，⑦士习为之坠。⑧
嚬笑犹宜惜，⑨天爵谈何易。⑩

【注】

① 名器：名号与车服仪制。古代社会用以别尊卑贵贱的等级。语本《左传·成公二年》："唯器与名，不可以假人，君之所司也。"

② 次公：汉黄霸亦字次公。霸少学律令，捐谷求官，负责钱粮事宜。任内公正廉洁，吏民敬爱，所至有政绩。后逐次升迁，位至丞相。

③ 滥觞：江河发源的地方，水少只能浮起酒杯。今指事物的起源。

④ 葡萄博凉州：意谓以贿赂得官。据汉赵岐《三辅决录》卷二，孟佗字伯郎。灵帝时中常侍张让专朝政，宾客多苦不得见。孟佗尽以家财赂让监奴，因得见让。众以为佗与让善，争以珍物赂佗，佗"得尽以赂让，让大喜。后以葡萄酒一斗遗让，即拜为凉州刺史"。（《三国志·魏志·明帝纪》）

⑤ 诰身易一醉：唐肃宗时，因府库无钱，只得以官爵赏赐。故大将军一职的告身仅值几个买酒钱。诰身：古代授官的文凭。告，同"诰"。《资治通鉴·唐纪·肃宗至德二载》："官爵轻而货重，大将军告身一通，才易一醉。"陆游《凌云醉归作》："君不见葡萄一斗换得西凉州，不如将军告身供一醉。"

⑥ 屠沽：亦作"屠酤"，宰牲和卖酒。亦泛指职业微贱的人。

⑦ 官常：犹官规。

⑧ 士习：士大夫及读书人的风气。

⑨ 颦笑：皱眉和欢笑。指喜怒哀乐情感的流露。

⑩ 天爵：天然的爵位。指高尚的道德修养。因德高则受人尊敬，胜于有爵位，故称。亦谓天子所封的爵位、朝廷官爵。

六

诸葛相蜀日，孝直寄书时。①
重典用乱国，宽严各适宜。

桓灵纵阉寺,[②]纪纲久凌夷。[③]
后主尤孱弱,[④]太阿惕倒持。[⑤]
良工心独苦,[⑥]未免起群疑。
水懦民终狎,[⑦]千秋有心知。
先生如可作,[⑧]礼乐其庶几。[⑨]

【注】

① 孝直:东汉末年扶风郿(今陕西眉县)人法正,字孝直。刘备谋士。善策划,有奇谋。刘备夺取益州(今成都),以法正为蜀郡太守。针对诸葛亮严法治蜀,提出应减少苛令,宽仁待民。但诸葛亮认为刘璋治蜀,法纪松弛,官民懈怠,必须用严法约束,才能扭转风气,聚拢人心。

② 桓灵纵阉寺:东汉桓帝、灵帝宠任宦官,朝政日趋衰乱。阉寺:指宦官。

③ 凌夷:也作"陵夷"。衰败,衰退。

④ 后主:即三国蜀汉末代皇帝刘禅,后期宠信宦官黄皓,国力日趋衰落,最后投降魏国。

⑤ 太阿:见前《书愤》【注】④。

⑥ 良工:泛称技艺高超的人。又喻贤臣。连下句是说,贤臣勤劳王事,却不免群臣嫉妒中伤,主上猜忌。此指诸葛亮。

⑦ 水懦民终狎:比喻法令过宽百姓就会轻视不遵守,以致犯罪。

⑧ 先生:指诸葛亮。

⑨ 礼乐:礼节和音乐。古代帝王常用兴礼乐为手段以求达到尊卑有序远近和合的统治目的。礼乐兴,说明是太平治世。

七

神武无轻杀,①仁人可将兵。
长平六十万,②一夜被秦阬。
旋见章邯卒,③全师无返旌。
耿弇年最少,④已屠七十城。
功成皆若此,何处托苍生。
试看战场地,春来草不荣。
焚香与众誓,贤哉宋曹彬。⑤

【注】

① 神武无轻杀:原谓以吉凶祸福威服天下而不用刑杀。《易经·系辞上》:"古之聪明睿知,神武而不杀者夫。"

② 长平:古城名。故址在今山西省高平县西北。战国时秦白起曾大败赵赵括,坑杀赵降卒四十余万于此。此言六十万,当系夸张之词。

③ 章邯:秦将,秦二世时官少府。灭陈涉,破项梁,北渡河击赵王歇于巨鹿,为项羽所败,投降项羽。降卒二十万为项羽坑杀。楚汉相争,章邯为韩信所灭,自杀。

④ 耿弇:东汉扶风茂陵(今陕西省兴平市)人。东汉开国功臣。初随光武帝刘秀时,年二十一岁。屡建克敌之策,曾攻拔全齐。《后汉书·耿弇列传》:"弇凡所平郡四十六,屠城三百,未尝挫败。"下句言七十城,或与战国时攻占齐七十余城的燕将乐毅相比。

⑤ 曹彬:北宋灵寿(今河北省灵寿县)人。北宋开国名将。性

清介仁恕。初仕周,为河中都监,后归宋。从伐蜀,诸将咸欲屠城,彬独申令约束部下;诸将多收子女玉帛,彬囊中惟图书衣衾而已。攻取南唐时,与诸将一起焚香立誓不妄杀一人,妄取一物。使金陵城破时,臣民免遭屠戮。

八

三国多贤俊,超超推卧龙。①
江东鲁子敬,②所见亦略同。③
慷慨借荆州,④相期励北攻。
顺平虽赳赳,⑤国贼识奸雄。
毕竟伯言少,⑥婚媾起兵戎。
阴平既不守,⑦铁锁一举空。
正统归魏氏,吾嗤涑水翁。⑧

【注】

① 超超:特别优异的意思。卧龙:即诸葛亮。
② 鲁子敬:三国吴东城(今安徽省滁州市定远县)人鲁肃,字子敬。性方严,有壮节,富而好施,能击剑骑射,又擅属文。见重于孙权,辅助周瑜破曹操于赤壁。瑜死举肃自代。
③ 所见亦略同:即英雄所见略同。语出《三国志·蜀书·庞统传》裴松之注引《江表传》:"天下智谋之士所见略同耳。"原语是刘备感叹诸葛亮与周瑜虽各为其主,但见解往往接近甚或相同。
④ 荆州:古"九州"之一。在荆山、衡山之间。汉为十三刺史部之一。辖境约相当于今湘鄂二省及相邻川豫桂黔粤的部分

地区。汉末以后辖境渐小。三国吴置荆州。曾称江陵。今为湖北省荆州市。三国时期，曹操追击刘备，刘备无自有地盘，孙权听从鲁肃建议，曾将荆州借与刘备，借以共同对抗北方曹军。

⑤ 顺平：三国蜀国赵云谥号。

⑥ 伯言：陆逊，字伯言，三国吴人，弱冠即入孙权幕府。有治才，善军略，事孙权，为都督，定计克荆州，又败刘备于夷陵，破曹休于皖，后为丞相。

⑦ 阴平：古地名。在今甘肃文县境内。汉武帝平西南夷，开阴平道，即今甘肃省文县至四川省平武县左担山之道。三国蜀将未能守阴平，魏将邓艾即由此道袭击蜀汉，终致其亡。

⑧ 涑水翁：司马光，北宋陕州夏县涑水乡（今山西省夏县）人，主编编年体通史《资治通鉴》。世称涑水先生。对三国正统，认为按皇权传递，应在魏国。这里赵维仁以一个"嗤"字表示不赞同司马光的主张，或是不认可曹魏的篡权自立。

九

富春有隐沦，①志不干禄养。②
乃欲臣故人，③能无心怏怏。
张目发狂痴，④披裘竟长往。⑤
钓台媲云台，⑥夜夜客星朗。
东汉二百秋，士风果遒上。
卓矣首阳山，⑦清名嗣绝响。

【注】

① 富春：即富春山。在浙江桐庐县南。一名严陵山。前临富春江，山下有滩称严陵濑，为汉隐士严光游钓处。山腰有二盘石，称东西二钓台。各高百余米，巍然对峙，耸立江湄。东称严子陵钓台，西为宋处士谢翱哭文天祥处。

② 禄养：以官俸养亲。古人认为官俸本为养亲之资。干：求。

③ 臣故人：以故人为臣。

④ 张目发狂痴：睁大眼睛发痴狂。袁枚《遣怀杂诗》十一："与其张目想，兀兀发狂痴。不若合眼眠，一笑姑置之。"

⑤ 披裘：汉严光少时与刘秀同游学，有高名。及刘秀称帝，隐居不出。刘秀思其贤，令以物色访之。后齐国有人报告："有一男子，披羊裘钓泽中。"刘秀估计他就是严光，三次派人才把他请到京师。见《后汉书·逸民传·严光》。后因以"披裘"指归隐。

⑥ 云台：汉宫中高台名。汉光武帝时，用作召集群臣议事之所，后用以借指朝廷。

⑦ 首阳山：伯夷、叔齐饿隐处。所在之地其说不一。向有在山西永济、河北卢龙、河南偃师、甘肃陇西几说。

十

邺中有三龙，①管邴诚高举。②
其一辱泥途，③卑鄙不足□。④
□封博平侯，⑤卖国同贾竖。⑥
奉绶果何心，⑦锄金机已睹。

丈夫重节义,虚声亦何补。

不见横刀人,俊及悉尘土。⑧

【注】

① 邺中:指三国魏的都城邺。故址在今河北省临漳县西南邺镇东。后世多以"邺中"指代三国魏。三龙:指管宁、邴原、华歆,三人同为早年求学的好友,但志向秉性并不相同。后人以三人在曹魏政权中职务高低,分别以龙尾、龙腹、龙头比拟管、邴、华三人。

② 管:管宁,三国魏北海朱虚(今山东省安丘、临朐)人,字幼安,笃志于学。少与华歆同席而读,轩冕过门,歆废书往观,宁即与割席分坐。汉末黄巾乱作,避居辽东,从者甚多,月旬成邑。其讲诗书、明礼让,民化其德,斗讼为息。乱平还郡,朝廷屡征不就。《世说新语·德行》:"管宁、华歆共园中锄菜,见地有片金,管挥锄与瓦石不异,华捉而掷去之。"

邴:邴原,东汉朱虚人,字根矩,少有操尚,避黄巾乱,居辽东,从游者甚众,乱平还乡。时郑玄为儒雅之士所归,而原亦为英伟之士所向,海内清议云:"青州有邴郑之学。"后事曹操,终五官将长史。高举:指避世远离官场。

③ 其一:指华歆。华歆:三国魏高唐(今山东省高唐县)人,字子鱼。举孝廉。东汉桓帝朝,累官尚书令,附曹操,承曹意勒兵入宫收杀伏后。入魏,官至太尉,封博平侯,卒谥敬。其附曹行为为后人鄙视。

④ □:处墨稿边角,因稿纸破损缺失。句意在鄙薄华歆行操。

⑤ □:处墨稿边角,因稿纸破损缺失。

⑥ 贾竖:旧时对商人的贱称。

⑦ 奉绶：接受任命为官。
⑧ 俊及：即八俊八及。东汉士大夫互相标榜，效法古代"八元""八凯"之称，每取号以称当世名士，有"八俊""八顾""八及""八厨""八友"等。俊，言人之英也；顾，言能以德行引人者也；及，言其能导人追宗者也；厨，言能以财救人者也。见《后汉书·党锢传》。此接上句是说，纵有才德，如无武装强力，名士亦轻如尘埃，无助于救时济难。

十一

景略见桓公，①扪虱谈时事。
一朝佐苻秦，果展经纶志。
遗嘱戒南侵，尤为识大义。
共推武乡侯，予谓纯疵异。②
使耕复使炊，其言何慢易。
身亡国旋倾，恨不荐贤智。
拟以管敬仲，③或者无轩轾。④

【注】

① 景略：王猛，字景略，晋时北海郡剧县（今山东省寿光市）人。博学知兵。家贫，隐居华山。桓温入关，猛披褐诣之，扪虱谈当世之务，旁若无人。后事前秦苻坚为丞相，削平群雄，国势日强。封清河郡侯。临终告坚勿图东晋；坚不从，遂有淝水之败。
② 武乡侯：诸葛亮。蜀汉后主刘禅继位，封为武乡侯。曾自比管仲、乐毅。

纯疵异：纯净和混杂不同。
③ 管敬仲：即管仲。字仲，谥敬。辅佐齐桓公成为春秋五霸之首。但齐桓公由于不听管仲临终告诫，任用了易牙等而致国乱身死。
④ 轩轾：古代大夫乘用车的顶前高后低称"轩"，前低后高称"轾"。比譬高低、轻重、优劣互有长短。此处指把诸葛亮与管仲比较，二者或许差不多。都有治理国家的突出才干，又因都无优秀的继任者，或致君死，或致国亡。

十二

厂中片纸来，①缇骑纷奔走。②
天子问尚公，公卿□□□。③
□左诸大臣，金铁贯两肘。④
群凶竞贡媚，朝内半鹰狗。
□□何代无，有明实冠首。⑤
仁贤尽摧残，社稷付荒薮。
以国殉阉人，⑥前车足惩后。

【注】

① 厂：指东厂、西厂。明代特务机构。东厂，明成祖于1420年在京师东安门北设立，命亲信宦官为提督，属官多来自锦衣卫，从事监视、侦查等特务活动，诸事可直接上达皇帝。权力在锦衣卫之上。西厂，明宪宗于1477年在东厂以外增设西厂，用太监汪直为提督，以进一步强化特务统治。其人员散布各地，权力超过东厂。后一度被废。武宗即位后

宦官刘瑾专权，又恢复，刘瑾被杀后再废。这一首写明代东、西厂的可恨和带来的恶果。诗句亦似化用明宋琬《诏狱行》者。如宋琬《诏狱行》有句"天子高居问尚公，公卿标榜排清议。……长乐宫前传片纸，金吾夜半飞缇骑"。

② 缇骑：tí qí，捉拿犯人的吏役。

③ □：原稿字缺处。下同。

④ 金铁：指金属刑具。

⑤ 有明：即明代。

⑥ 以国殉阉人：意谓国家因宦官弄权而败亡。

无 题

兵灾岁歉两相仍,触目时艰感不胜。
孟获投诚如贼易,①黔娄食饿问谁能。
空山经雨稀薇蕨,遍地弃尸聚蚋蝇。②
枉说太平今有象,天心人事久难凭。

【注】

① 孟获投诚如贼易:此喻地方作乱者叛服无常。
② 遍地弃尸聚蚋蝇:墨稿此句后作者自注"杀伤饿死者逐处皆是,无复可埋矣"。

洮州八景诗

洮州八景,迄无定论,以本朝未修志书故也。予于同治五年(1866)得明万历时邑庠生张誌志所修旧志一本,内载八景,一曰冶海冰图,二曰洮水流珠,三曰朵山玉笋,四曰石门金锁,五曰叠山横雪,六曰东陇扬辉,七曰松岭乔木,八曰临潭怀古。本朝巩秦阶志内载洮州八景,一曰临潭古社,二曰西倾禹迹,三曰洮水流珠,四曰朵山玉笋,五曰九条设险,六曰石门金锁,七曰横雪叠山,八曰松岭积翠。本朝先辈吟咏所及,亦各不同。予择其尤雅者为八,余数条并志一诗附存之,以俟采择焉。

临潭古社

临潭,唐时旧治也,西平王李晟生于此,见唐书。地在旧洮西十余里,有哥舒大夫碑,今移旧洮城上。或谓即古儿战,或谓即牛头城。地因五代时为吐蕃所占,今已失考。

临潭旧治溯三唐,[①]吊古人来感慨长。

雉堞已残春草绿，螭碑空对暮云凉。②
村边鸟啭余乔木，陇畔牛归认战场。
何处西平留故里，③变迁陵谷总微茫。

【注】

① 临潭旧治溯三唐：临潭县初设于隋，属洮州。唐代屡以洮州为临洮郡，治临潭。三唐：唐代分初、盛、晚三个时期。

② 螭碑空对暮云凉：墨稿此句下有原注，说："有哥舒大夫碑今移旧洮城上。"此碑今不存。或指《唐故大将军李公之碑》，碑原立于临潭县城南三公里处（今地属卓尼县喀尔钦镇安步足村），今移置甘南藏族自治州博物馆。碑主是否李晟或其先代，不详。另有《石堡战楼颂碑》，俗称《八棱碑》，原立于卓尼县喀尔钦镇阳坝村（据考唐时曾为临潭县治所）。人误以为唐哥舒翰攻拔石堡城即此处。此碑于民国初年被美国传教士从阳坝村盗走，今立于美国芝加哥菲尔德博物馆。

③ 西平：即唐西平郡王李晟，临潭人。有"再造唐室之功"，卒后葬于陕西高陵。其子李愬忠勇有谋，平淮西吴元济，亦为中晚唐名将。

朵山玉笋

在洮城西十余里朵山东侧，石峰挺峙，高数十仞，远望之如玉笋然。

朵山西望路回旋，玉笋高抽碧汉边。

自爱蟠根能得地,①可知解箨定参天。②
风云荡漾千秋护,苔藓青苍遍地缠。
莎草岩花时点缀,好凭春雨洗涓涓。

【注】

① 蟠根:谓根脚盘曲深固。
② 解箨:谓竹笋脱壳。箨:tuò,竹笋上一片一片的皮。

洮水流珠

　　洮水发源于洮之西南着卦番界,过洮之南乡,东南至岷,数百里皆石峡,故其水常清澈。至冬,水潦既降,作碧绿色。小雪后天气冱寒,冰珠凝结于河底石上,随凝随浮,洁白似玉,形如小豆,愈寒愈稠,琤琤锵锵,一望无际,洵奇景也。小河中惟河南番地多巴河中亦能生珠,水浅见底,予亲验之,果然。

谁把珠玑万斛倾,严寒水面走盈盈。
常疑无数痴龙戏,试问几多老蚌生。
解佩有声风力劲,①媚川随处月华明。②
莫存合浦能还想,③独抱冰心一片清。

【注】

① 解佩有声:冰珠相撞之声犹如玉佩相互叩击,清脆悦耳。
② 媚川随处月华明:流珠辉映月光,一川明媚。陆机《文

赋》："水怀珠而川媚。"

③ 合浦：古郡名。汉置，郡治在今广西壮族自治区合浦县东北，以产珍珠著名。因官吏搜刮过度，渐移他地。孟尝上任后，革除前弊，去珠复还。

冶海冰图

海子在冶门西，洮城之西北，①离城八九十里。阔一里余，长十余里。其水澄清，中有过水一条，色微白，流出者即北乡冶木河也。至冬海水凝结成冰，作碧绿色，窥之可深见数丈，内有白花，意想所至，悉成奇形，如楼阁，如禽兽，如花草，如器皿，靡不备具，虽巩、秦、阶志未载，然在八景中实一大观也。

犁星初设失涟漪，冶海冰生见异姿。
万国敦槃开水府，②九天花鸟宴瑶池。③
呈形那俟燃犀照，④博古如逢展卷时。
岁岁何劳龙马负，⑤几问耐冷看离奇。

【注】

① 洮城之西北：实为洮城之正北稍偏东。
② 敦槃：敦与盘，俱古代青铜盛器。水府：神话传说中水神或龙王所住的地方。
③ 万国敦槃开水府，九天花鸟宴瑶池：墨稿此联又作"夏鼎商盘藏水府，琼花玉树拟瑶池。"
④ 燃犀：此喻冰层中奇形怪状的各种形象。《晋书·温峤传》

载,传说温峤曾至水深而多灵怪的牛渚矶,他点燃犀牛角照向水面,看到了很多水中怪物。
⑤ 龙马负:此以河图喻冰图。传说伏羲时有龙马出于黄河,马背有旋毛如星点,称作龙图。

莲峰积翠

俗名莲花山,北去洮城百里,离甘沟十里,山石青苍,拔出于大山之顶,上分下合,远望之作莲瓣形,故名。山径险绝,下有头天门,二天门之名。上有鹞子翻身蛇倒退之号。路断处横独木为桥,人缘铁索而过;壁立处凿石为坎,囗(原稿似窨字,然于意不通)攀铁索而升。山上下皆有庙宇,极高者为玉皇阁。凭栏望远,南见洮州之朵山,北见狄道城。然过高,时多风雨,故有山顶红日山半雪之谣。予师丁酉经魁王仲三先生以松岭乔木不佳,特以此易,想人人不以为谬。

矗矗莲峰入九霄,青苍一望见岩峣。
人缘贯索穿云出,石削芙蓉带雨摇。
俯听风雷喧白昼,高扪星汉坐清霄。
危楼杰阁来天半,好乘茅龙度玉箫。①

【注】

① 茅龙:相传仙人所骑神物。李白《西岳云台歌送丹丘子》:"玉浆傥惠故人饮,骑二茅龙上天飞。"度玉箫,吹奏玉箫。此用萧史弄玉之典。汉刘向《列仙传》:"萧史善吹箫,作凤

鸣。秦穆公以女弄玉妻之，作凤楼，教弄玉吹箫，感凤来集，弄玉乘凤，萧史乘龙，夫妇同仙去。"

石门金锁

俗名石门口，在洮之东北界。两山对峙，洮水流于中，地势之最险要者。然亦无甚可取。予欲以西倾禹迹易之。

南望石门突兀高，生成金锁巩全洮。
千寻绝壁分云窦，一线长河溅雪涛。
虎豹守关形愈壮，风烟护钥势尤豪。
羡他入峡乘桴客，欸乃声中任着篙。

叠山横雪

即古叠州，山在洮之南黑番界内。山高多雪，春夏不消。六月时登高南望，积雪如玉，宛若秦之太白、蜀之峨嵋也。或云黑番本近南屏，为松潘界去西蜀不远。

叠山迤逦峙云端，有客凭高望眼宽。
气入穷边晴亦雪，光摇绝顶夏犹寒。
长空岫列千层白，薄暮霞凝一面丹。
万仞峨嵋西蜀境，南番路已近松潘。

九条设险

巩秦阶志云，九条岭在丹巴族，为着卦远番出没必由之路，明时设险陋，以兵守之，所以防劫掠也，任斯土者宜深留意。

由来设险在山谿，郑重九条障庶黎。
中土难容胡牧马，重关须赖将封泥。①
烟销紫塞无毡帐，②月暗丹川急鼓鼙。
扼要宜筹方略定，三农到处好扶犁。③

【注】

① 封泥：亦称"泥封"。古时简牍文书以绳捆扎，在绳结处加检木，上封盖有钤印的胶泥块，以防泄密、备检核，谓之"封泥"。流行于秦汉时期。此喻将军据守险关，凭印信关启。
② 紫塞：北方边塞。
③ 三农：古谓居住在平地、山区、水泽三类地区的农民。后泛称农民。

西倾禹迹

《禹贡》注云，西倾在今洮州卫，桓水出其南。在雍州，以西倾、朱圉、鸟鼠连类言之，三山相去必不太远，明系洮州境内之山。而西倾因桓是来句，又载在梁州者，以桓水发源于西倾之南，其流实不入洮州地。今之洮河确然非古之桓水，而桓水南入于阶州界。《禹贡》注云，梁州，今云贵、汉中、阶州皆是，桓水之入阶州容或有然。

刊奠功从绝域收，①西倾贡道纪梁州。②
水环碧嶂通丹日，人想元圭锡命初。③
比岸山高林霭重，悬崖石老斧痕留。
惜无岣嵝神碑在，④永把鸿文志大猷。

【注】

① 刊奠：此指大禹斫木为记，疏导河流，为高山大川定名。《尚书·禹贡》："禹敷土，随山刊木，奠高山大川。"刊：砍削木槎，插在山路上以作标记。奠：定，即为高山大川定名。绝域：极其遥远的地方。这里即指西倾之地。

② 贡道：进贡方物所经的道路。梁州：古九州之一，今川陕汉中一带。全句是说西倾之地贡道经沿桓水——今白龙江，通往汉中。

③ 人想元圭锡命初：人们回想大禹治水成功，当初舜帝赏赐元圭的情景。《史记·夏本纪》："于是帝赐禹玄圭，以告成功于天下。"初，属鱼韵，州、留、猷属尤韵，初字出律。但墨稿及各抄本均为初字，这里仍从旧。

④ 岣嵝神碑：岣嵝碑亦即禹碑。原在湖南省衡山县云密峰，早佚。昆明、成都、绍兴及西安碑林等处皆有摹刻。字似缪篆，又似符箓。相传为夏禹所写，实为后世伪托。

东陇阳辉

东陇山在城东,新修《洮州碑记》①云,明永乐二年,平姜壤之乱,②筑城于东陇山之阳。然则东陇山即红崖以西诸山及凤凰山皆是,洮州旧志载之,然景殊平平。

东陇萦回近郊圻,③天开霁景映芳菲。
千重树色迎朝旭,万叠山岚对落晖。
彩接丹崖照凤翥,④光分金背认鸦飞。⑤
城楼几度凝目望,一抹红霞满翠微。

【注】

① 《洮州碑记》:碑及文今俱不存。此处既言碑为新修,当系咸丰年间所修。同治初西北即大乱,洮州被祸甚烈,实无修碑之可能。作者八景诸诗,语气平和中寓欣慨,亦当作于同治前。
② 姜壤之乱:其事不详。
③ 郊圻:郊野,郊外。圻,qí,地的边界。
④ 丹崖:城东郊有山名红崖。皆为裸露之红色砂岩。凤翥:凤凰飞舞。洮城所背依之凤凰山,形似展翅飞升的凤凰。清康熙二十六年(1687)、清乾隆十三年(1748)《洮州卫

志》及清光绪三十三年（1907）《洮州厅志》均载"凤凰山，在北，半在城中，半在城外。有五峰，中若伸颈，旁若舒翼"。

⑤ 光分金背认鸦飞：意即金色斜阳照在飞鸦背上。

松岭积翠

俗名黑松岭,在洮州东三十里。昔年林木密茂,想必有可观者,今则山已童秃,风景萧然,虽巩秦阶志与旧志俱载,实不及莲峰积翠多矣。

乔松无数郁轮囷,①岭上森森入望频。
蟠曲遥增千峰秀,青苍直作四时春。
涛声驿路风前远,②黛色河桥雨中新。③
最爱栋梁材质好,参天树树化龙鳞。

【注】

① 轮囷:盘曲及硕大貌。左思《吴都赋》:"重葩殗叶,轮囷虬盘。"
② 涛声驿路:翻此山东南出三十里至洮河边,越西北行十五里有店子村,有驿店。
③ 河桥:此处系洮岷要道,山南麓有石沟河,昔日沟深流急,修有桥梁。临潭《重修黑松桥记》:"洮东黑松岭外新塘湾有黑松桥焉,为往来要区。"

卷
三

六月十二日作（三首）①

一

生本农家子，终年事耕耘。
一朝被催促，荷戟为乡兵。
保身诚不暇，胡可屠逆鲸。
父老走向送，诀绝泪纵横。
谁与谋此役，功名岂倖成。

二

长风扇肃杀，六月如深秋。
心寒手欲僵，不复运戈矛。
浮尘随虏骑，逐北如驱牛。
可怜八百人，同日殒荒邱。②
斜阳横尸影，溪水涌血流。
强戎时伏莽，③白骨谁与收？

【注】

① 六月十二日作：自此首往后，墨稿字体殊异于前，书写草率且甚劣，远非此前精雅老到。
② 可怜八百人，同日殒荒邱：八百人同日遇难，死于荒丘。《临潭县志稿·大事记》："是年（指同治三年，即1864年）六月十二日，西南乡民团败绩于马昌沟，死难者八百余人。"诗或指此。
③ 伏莽：指军队埋伏在草莽中。亦指潜藏的寇盗。《易经·同人》："九三，伏戎于莽。"莽，丛生的草木。

三

落日悲风来，千村同一哭。
相逢尽咨嗟，欲语先揩目。
破晓断炊烟，几家成空屋。
偶尔有生还，疮痍严裹束。①
死者已无知，生者为孤独。
生命博一戏，此罪乌堪续？

【注】

① 裹束：包扎。

双雌篇

村中二妇,为铁步①兵裸其衣服,羞愤缢于林中。予闻而悯之,作是篇。

青青石上松,郁郁生深谷。
鸳鸟驱双雌,同经身不辱。
寒泉尽日号,木客中宵哭。②
会见此松枝,化作女贞木。③

【注】

① 铁步:即今甘肃迭部。杨高峰《迭部史话》:"迭部,四川热多地区则称其为'铁部'。"又,今四川阿坝地区与甘肃迭部相邻地区称铁部。
② 木客:传说中的鸟名。或谓久居深山的人。
③ 女贞木:木名。凌冬青翠不凋,其子可入药。

游崖间寺①

峥嵘一峰高,幽邃层崖裂。
精舍五六间,远嵌白云穴。
临晨试攀跻,石磴通曲折。
恍如古洞天,空明叹精绝。
栋梁悬钟乳,②墙壁半凹凸。
莲座洎云龛,一一天造设。
凭窗偶凝眸,对面峙峣嵲。③
濎湃走清溪,④旦暮听呜咽。
永耽清净缘,兹景堪怡悦。

【注】

① 崖间寺:不详。
② 栋梁悬钟乳:未详所指。
③ 峣嵲:yáo niè,危高貌。
④ 濎湃:hòng pài,水势汹涌浩大之状。

登西岭望长河之险，①过山与僧译番经至午而归

孤村南畔石泉西，碧嶂插空与云齐。
野鸟招人不住啼，清晨乘兴一攀跻。
石磴雨过净无泥，轻烟漠漠草萋萋。
山桃如火欲燃溪，千树万树何灿兮。
陟高望远见沙堤，洮水如弓现霁霓。
大筏剪波腾驶骎，②双桨荡破碧琉璃。③
好收美景入评题，恨少金罍手自提。
清磬一声山霭低，更随幡影访幽栖。④
番僧年老面如梨，贝叶堆床裹锦绨。
入座愿请闻木樨，⑤欣然展卷为提撕。⑥
只缘奥理半无稽，未免张皇说福禔。⑦
字画分明却难诋，左行横列如追蠡。⑧
莞然一笑识端倪，归与去听卓午鸡。⑨

【注】

① 西岭：应指洮河南岸某地，时属卓尼杨土司之地，具体未详所在。

② 大筏：指木排。在洮地砍伐的木材，连扎成排，利用洮河向

外运输。駃騠：jué tí，良马名。此处喻排筏在洮河急流上疾如快马奔驰。

③ 碧琉璃：状洮水之碧绿清澈。

④ 幡：经幡，藏地常见。幽栖：幽僻的栖止之处，指隐居。这里是说佛寺。

⑤ 木樨：即木犀。常绿灌木或小乔木，叶椭圆形，花簇生于叶腋，黄色或黄白色，有极浓郁的香味。可制作香料。通称桂花。有金桂、银桂、四季桂等，原产我国，为珍贵的观赏芳香植物。

⑥ 提撕：提携教导。

⑦ 福禔：幸福安宁。

⑧ 追蠡：比喻经文因年久变得模糊残缺的样子。

⑨ 卓午：正午。

暮秋即事

山中底事久勾留,满目风尘不胜愁。
未卜嫖姚来远道,①空期结赞赋同仇。②
断云征雁怜新霁,落叶寒蝉报暮秋。
自愧儒冠无用处,何如策马挽长矛。

【注】

① 嫖姚:汉霍去病曾为嫖姚校尉。
② 结赞:唐代吐蕃赤松德赞赞普时期吐蕃大臣尚结赞。曾助唐王室平定朱泚之乱,事后,尚结赞以唐王室失信,欲图报复。遂有攻略陇右,谋除唐朝防守西北的三大著名将领李晟、浑瑊、马燧,以及平凉劫盟等事件。两句是说当时朝廷平乱乏人又乏谋。

元　夕

大地昏昏集晚烟，客窗月暗更萧然。
倍思家室逢元夕，未戢干戈又一年。
村笛悠扬残醉里，雪花飘荡早春天。
星桥火树知何日，[①]独把绿丝落鬓边。[②]

丙寅（1866）

【注】

① 星桥火树：形容节日的夜晚灯火辉煌的景色。
② 绿丝：墨稿中此二字潦草难辨，非诗人手迹，疑有误。

柳 絮

春风吹柳絮,舞遍短长堤。
只解萦人骨,何曾入燕泥。
荒村流水外,枯井夕阳西。
和雨随烟地,偏怜衬马蹄。

单衣野行

单衣初着一身轻,独向川原汗漫行。
山霭不开时作雨,林花堪爱不知名。
寺飘梵响云间出,浪涌斜阳树底明。
不为寻幽来此地,烽烟迟我故园情。

所寓秋谷村为贼焚掠①

截流横渡太匆匆,②杼柚山村一霎空。③
先驱人已如星散,④下策贼偏用火攻。
云栈路攀千仞壁,⑤鸟枪声达四山风。⑥
可怜九死一生地,独把诗篇置袖中。

【注】

① 秋谷:今卓尼县木耳镇秋古村,在洮河南岸。清同治乱间,洮地百姓多以洮河南岸卓尼杨土司属地林区避难。
② 截流横渡:渡过洮河逃难。
③ 杼柚:zhù zhóu,织布机上的两个部件,即用来持纬(横线)的梭子和用来承经(直线)的筘。亦代指织机。也指纺织。句意是说村里因人逃散避难而生产废弛,贫无所有。
④ 先驱人:前面探路的人。
⑤ 云栈路攀千仞壁:谓逃难之路艰险万状。
⑥ 鸟枪:旧式火枪。今指贮以铁砂的猎枪。匪兵非正规军队,故有此类民间用枪。

移居山寺杂兴（五首）

一

氛恶浑难息，萍踪叹屡迁。
光阴连九夏，阻滞已多年。
绿鬓频添雪，青袍未改绵。
结庐邻古刹，①静境欲参禅。

【注】

① 结庐邻古刹：藏地多寺院，故称。

二

叠嶂高何极，禅房瞰太清。
树梢浮塔影，云际度钟声。
谷邃泉多伏，崖危路半倾。

淹留缘底事，漂泊愧浮生。

三

惨淡陇头月，凄凉塞上歌。
多年容叶护，①何日用廉颇。
驿路军书断，郊原虏骑多。
愁心消不得，何处老烟萝。②

【注】

① 叶护：突厥官名。其职位仅次于可汗，为一个大部族中的分部之长，属世袭职。此处诗人有所喻指。作者对地方久乱难靖颇为忧虑。
② 烟萝：草树茂密，烟聚萝缠，谓之"烟萝"。借指幽居之处。

四

我瞻西百里，①蹂躏不堪论。
草蔓平畴合，庐焚败壁存。
夕阳余战骨，夜雨泣冤魂。
偶尔愁吟处，衣襟渍泪痕。

【注】

① 西百里：同治年间洮州被祸甚烈，作者避乱于洮河南岸卓尼

土司辖区、今卓尼县木耳镇秋古村，其地往西百里皆属昔日洮州地域。

五

弱小弄柔翰，①儒冠只自嗟。
飘零怜子美，②痛苦类长沙。③
人与莺花老，愁随岁月赊，
家园何日返，欢聚话窗纱。

【注】

① 弱小：指孩子，小孩。
② 子美：杜甫。
③ 长沙：贾谊。

遣 怀

欲却奇愁暗里生,空山聊复寄闲情。
儿拳蕨少春将老,①羊角风多雨又晴。②
觅句林间听鸟语,看云岭上伴僧行。
朅来莫讶游踪遍,③一着芒鞋两足轻。

【注】

① 儿拳蕨少春将老:蕨菜生于春末,其稍如小儿拳,春尽夏至,则蕨老不堪食。
② 羊角风:即旋风。
③ 朅来:犹言尔来或尔时以来。朅,qiè。

立秋日作

秋气一霄至,凉飙动树初。
露华浓复尔,客意寂何如。
烽火连天暗,家书近日疏。
河干舟楫在,欲济辄踌躇。

十月十五日贼陷洮州城①

列幕连营信有人,如何仓卒走风尘。②
恋家愚庶焉辞死,报国将军倍爱身。
尽纵群凶屠赤子,曾无尺土葬黎民。③
几回北望吞声哭,冷泪如丝洒水滨。

【注】

① 十月十五日贼陷洮州城:诗叙同治年间洮州乱事。《临潭县志稿·大事记》:"是年(同治五年,即1866年——校者)十月十五日,抚匪复叛,大杀城民,旧洮都司雷兴隆死之。"此诗所咏,或即此事。

② 如何仓卒走风尘:对朝廷军队不能保障百姓安宁,乱起即溃逃,诗人非常愤慨。墨稿此句后有注:"时城内驻扎兵勇数十人,贼起兵溃。"

③ 曾无尺土葬黎民:意谓乱中百姓死无葬身之所。墨稿此句后有注:"先后百姓殉难者数千人,贼屯城中,经年尸骸无一葬者。"

春晚野望

啼鸟搅春眠,出门聊豁目。
夜雨沐川原,匝地生青绿。
深巷出牛羊,幽林呦麋鹿。
和风习习来,受此朝阳曝。
时事渺难知,行吟入空谷。①

【注】

① 行吟入空谷:屈子行吟泽畔,心泉行吟空谷,苦心悲怀,古今如一。

客　窗

挂起客窗倦眼开，遥天漠漠障林隈。
云分淡白藏僧寺，山送浓青入酒杯。
燕子泥新春雨霁，杨花风过水声来。
王师何日除枭獍，一听番歌不胜哀。[①]

【注】

① 一听番歌不胜哀：诗人因时乱避居番地，故有此说。

偶 成

春尽鸟声忙,客心惨不乐。
飞蓬离本根,积岁伏岩壑。
非无舟与梁,鲸吼浪尤恶。①
何以慰衷怀,山村杏花落。

【注】

① 鲸吼浪尤恶:意谓时局正乱。鲸:喻为乱者。浪:喻时势危急。

雨 后

连朝细雨太萧骚,又涨长河水半篙。
布谷声中芳草合,夕阳影里乱山高。
民无常业鱼盐贵,路少行人虎豹豪。
那料轻罗纨扇日,半被半曳尚锦袍。

晚　望

缓步寻芳去，迢迢趁晚晴。
余霞延暮色，宿雨壮河声。
旦夕亲猿鸟，音书滞友生。
山樵归历乱，感触故园情。

夜　起

搅梦风涛不可闻，开门落叶正纷纷。
严霜满地寒初动，凉月衔山夜已分。
林际人呻枭弄舌，天边橹过雁呼群。
披衣远望情何极，秦陇几时罢戍军。

萤

岩壑度零星,腾光向晦暝。
故添烽火色,偏映野磷青。
人静云初合,林深雨乍停。
时危谁照读,底事太荧荧。[1]

【注】

[1] 时危谁照读,底事太荧荧:意谓时危局乱,无人萤火照读,小虫何知,仍荧荧闪烁其微光。

五旬自寿

百无一就负青春,弹指光阴届五旬。
市酒难赊缘岁歉,军输不及本家贫。[①]
销来烽火知何日,算到亲朋剩几人。
自写新诗聊自寿,飘零那计困风尘。

【注】

① 军输:捐纳军需。

红 叶

霜落寒山气不温,秋风叶带醉颜新。
乱飘曲径微闻响,一抹干红不羡春。
暖酒林间添活火,题诗水面寄何人。
西风满地停车处,映着斜阳倍绝伦。[1]

【注】

[1] 西风满地停车处,映着斜阳倍绝伦:这里是说虽然夕阳映着满山红叶,但停车此处,全不是"停车坐爱枫林晚,霜叶红于二月花"的闲情逸致。

客 舍

客舍愁生釜底尘,无方可救近来贫。
重挑苦芥秋将老,①屡补缊袍色未匀。②
菽水那堪怜弱子,③才华不望动时人。
囊中莫叹黄金尽,一卷新诗窃自珍。

【注】

① 苦芥:苦苦菜和刺芥,洮地两种野生植物。嫩时可食。芥,gài。
② 色未匀:颜色种类、新旧都不一致。
③ 菽水:豆与水。指所食唯豆和水,形容生活清苦。语出《礼记·檀弓下》:"子路曰:'伤哉!贫也!生无以为养,死无以为礼也。'孔子曰:'啜菽饮水尽其欢,斯之谓孝。'"后常以"菽水"指晚辈对长辈的供养。

出　塞①

从戎初出塞，卷地怒风号。
草木惟甘瘦，峰峦不肯高。
笳声催战马，雪影上征袍。
但愿挼枪扫，迂儒敢惜劳。

【注】

① 出塞：此首应作于入幕杨善亭（卓尼土司杨元）协筹军事时。

从善亭指挥登白石山阅番兵①

石山历历雪蒙蒙,冒雪登山瞰碧穹。
塞草半枯马正健,番兵惯战尽黑熊。
前军演武后军继,旗影刀光拂长空。
将军自幼文且武,②敦礼说诗慕古风。
年来烽火照桑梓,转战久已树奇勋。
近日官兵屯枹罕,③羽书频下愿借公。
嗟予腐儒遭兵燹,双目厌看旌旗红。
相邀相去催部落,据鞍顾盼亦自雄。
惟勉将军严号令,好助大帅灭回戎。
河湟秦陇消兵气,敌王所忾继祖功。④
莫羡一身膺懋赏,⑤试看遍地嗷嗷有哀鸿。

【注】

① 善亭:即杨善亭,卓尼第十七任土司杨元(1828—1880),清道光二十四年(1844)承袭土司职。白石山:疑即白石崖神山,在今卓尼县完冒镇红山口观景台对面。石崖山神是卓尼杨土司家族山神,每年农历五月十九日,白石崖山举行插箭祀神活动。山前是完冒沟草原,为洮州、河州间通道。

据杨士宏《卓尼杨土司传略》，清同治六年（1867）五月己亥，"参将范铭会（洮州）同知王廷梓、土司杨元收复洮州厅城"。诗或作于1867年。
② 将军自幼文且武：土司杨元通晓藏、汉两文。
③ 枹罕：今临夏回族自治州临夏市枹罕镇。
④ 敌王所忾：指把天子所痛恨的人作为自己的敌人而加以讨伐。《左传·文公四年》："诸侯敌王所忾，而献其功。"
⑤ 莫羡一身膺懋赏：不要羡慕一人立功受赏。

塞外作（二首）

一

峨冠博带列戎行，①垂老不辞塞路长。
衰草连天无稼穑，西风动地下牛羊。
烟孤毳帐依流水，②人拥轻裘怯晓霜。
已卜番酋知挞伐，旌旗闪烁走山岗。

【注】

① 峨冠博带：高帽子和阔衣带。古代士大夫的装束。峨：高；博：阔。戎行：行伍，军队。也指军旅之事。
② 毳帐：游牧民族所居毡帐。毳，cuì。

二

残雪寒沙一望平，荒荒大野断人行。

云开远度苍雕影,日暮偏忙猘犬声。
画角那堪愁里听,轻霜渐觉鬓边生。
临冬岂是行兵日,只为春来妥课耕。①

【注】

① 课耕:谓督促耕作。

宿买吾寺①

毳帐连宵共借居,今逢精舍喜有余。
未通番语思重译,②权向佛堂理旧书。
酒气微醺残雪后,钟声远报上灯初。
遥知儿女寒窗下,日数征程望雁鱼。③

【注】

① 买吾寺:在今合作市佐盖曼玛乡。藏传佛教寺院。
② 重译:辗转翻译。
③ 雁鱼:书信。

宿穹庐不寐

悲笳声起晚风天，欹枕谁能稳夜眠。
山冷霜华迷白草，帐疏月影透青毡。
三关北望烽烟近，①万马西来羽檄传。②
总令军谋能借箸，可怜谢艾已华颠。

【注】

① 三关：指槐树关、陡石关、鸡鸣关。槐树关：河州二十四关之一，在临夏县铁寨乡。陡石关：河州二十四关之一，在和政县吊滩乡吊滩村。鸡鸣关：具体位置不详。三关俱在洮州北，为古河州经太子山出进洮州之要道隘口。墨稿"三关北望烽烟近"一句后有原注："鸡鸣关去黑坐寺八十余里，槐树关去黑坐寺七十余里，陡石关去单马寺五十余里，皆近凤台城。"黑坐，即今甘南州合作市。

② 羽檄：插上鸟羽的紧急文书。比喻军情紧急。墨稿"万马西来羽檄传"一句后有原注："时买吾、黑坐、双岔、俄化及四十八旗兵皆集大宪，羽书频催。"双岔，今碌曲县境东洮河边。俄化，一为今卓尼县完冒乡村委会，一为今卓尼县申藏乡申藏村委会所属村民小组。此处指何者不详。四十八

旗，卓尼土司属部族。至清康熙朝后期，卓尼土司属部族即形成四十八旗、十六掌尕（村）、六百四十二族的格局。

途 中

一山未了一山登,绝巘西来得未曾。
石出危崖时碍马,秋高塞水已成冰。
行踪野寺频三宿,残雪平林尚几层。
不是王尊轻险地,①邻封贼势正奔腾。②

【注】

① 王尊:西汉名臣,以刚直敢任、不畏履险称。
② 邻封:本为相邻的封地。泛指邻县,邻地。清同治年西北之乱,与洮州相邻的岷州、河州等地皆被荼毒。

塞外感怀

砂碛荒荒衰草,穹庐寂寂孤烟。
胡笳一声头白,苏武争禁多年。

书　恨①

轻而无整语非诬，②况复随机别改图。
入险已知全局覆，受锋偏为一军孤。
营前月暗无旋马，幕上烟消有乐乌。
欲粘风云悲铩羽，此身只合老江湖。③

【注】

① 书恨：诗写对平乱军疏于统领，反致失败的憾恨。墨稿此首后原注："杨善亭饬各处番兵赴穆将军大营听令，至松鸣岩，各番违令，直捣马家集，买吾、黑坐、俄化兵为贼所乘，余军退缩不进。陷阵者遂败，死亡百余人，于是番兵皆连夜溃退松鸣崖之行营，亦即撤回。"穆将军，或即穆图善，同治六年（1867）署陕甘总督，会同左宗棠平乱。
② 轻而无整：轻率而有失严整。
③ 此身只合老江湖：诗人此时应是应邀在杨善亭藏兵军中赞襄军机，然亦谋不为用。

山 行

春风披拂不扬沙,负手闲行路忘赊。
溪水争鸣连夜雨,野桃已作十分花。
晴浮茅舍初翻燕,绿满麦畦欲没鸦。
北望家园归未得,云山底事万重遮。

客有谈邓公桥之险者戏作小诗①

嵯峨碧嶂与云齐,艾艾功成比凤兮。②
底事行人逢栈道,一时都作鹧鸪啼。

【注】

① 邓公桥：即邓邓桥。三国邓艾伐蜀途中修建，在今甘肃省宕昌县境内岷江上。古时以险要著称。
② 艾艾功成比凤兮：邓艾口吃，说话自称时总"艾……艾……"。司马昭引与他开玩笑，问他到底有几个"艾"，邓艾引典解嘲说，古人说"凤兮凤兮"，实在是一只凤。"凤兮凤兮"语出《论语》。

旅店书感

数间茅屋窗壁破,半夜归来人几个。
芋饭葵羹足疗饥,奚童一饱蒙头卧。
昏灯如豆惨不明,倦马槽边啮草声。
伏枕欲眠眠不得,默将足迹溯平生。
忆昔好游年正少,轻车怒马他乡道。
长安豪俊半知名,陇右文人争送抱。
华烛摇红奏管弦,清樽浮白赏花鸟。
杨柳雨雪那关心,他乡还如故乡好。
一自西北纷干戈,[①]连天烽火奈愁何。
城倾家破黄金尽,垂老那堪复奔波。
眼前事事无一可,惟有穷愁费吟哦。
辗转经时窗渐白,荒鸡声声催行客。
呼童牵马出门外,仰视残星如同火。

【注】

① 一自西北纷干戈:指清同治年间西北之乱。

杨善亭招饮署中①

煌煌银烛照华筵,胡越一堂奏管弦。②
醉里频添无限恨,风光不似廿年前。

【注】

① 杨善亭:见前《从善亭指挥登白石山阅番兵》注①。墨稿此首末句后有原注:"二十年前善亭邀予观剧于此。"前诗《山行》作于1868年,后诗《道上遇雨》作于1869年,若此诗作于1868年,则二十年前即1848年。
② 胡越:胡与越。亦泛指北方和南方的各民族。这里指饮中的藏、回族人物。墨稿次句后有原注:"时花门头人及远番酋长皆与于筵。"花门:山名。在居延海北三百里。唐初在该处设立堡垒,以抵御北方外族。天宝时为回纥占领。后因以"花门"为回纥的代称。此处当指回族。

书 怀

频触危机阅世情，流光过眼每心惊。
功名无分休弹铗，①垂老有期苦用兵。
不饮谁能为半士，狂吟自欲了余生。
要披鹤氅深山里，②日与儿孙去课耕。

【注】

① 弹铗：弹击剑柄。谓处境窘困而又欲有所干求。用战国时齐人冯谖典。见《战国策·齐策四》。
② 鹤氅：鸟羽制的外衣。道士、隐者一类人物多穿戴。

为杨善亭画《春山归牧图》即题一诗

斜阳初下黄泥坂,牧童归来天欲晚。
短笛无腔信口吹,牛如听笛行缓缓。
东风拂地芳草生,牛啮春草好课耕。
我愿民间养牛莫养马,马放华山牛满野。

秋　夜

风林萧飒夜如何,落月衔山失睡魔。
梁堕轻尘游壁虎,窗鸣败纸引灯蛾。
家园如梦依然在,诗画消愁特地多。
髀肉复生惟有恨,[①]雄心枉自托吟哦。

【注】

[①] 髀肉复生:因为长久不骑马,大腿上的肉又长起来了。形容长久过着安逸舒适的生活,无所作为。髀:大腿。

临潭旧址吊李西平父子①

王公甲第久难稽,②故里萧条望转迷。③
钟虡不移清渭北,鸭鹅如沸破淮西。④
天教两世除枭獍,我叹当时足鼓鼙。
丰业惟存青史在,乱山无如暮云低。

【注】

① 李西平父子:即唐名将李晟及其子李愬。李晟父子各为唐室抵御吐蕃入侵、平定藩镇割据,出生入死、屡立殊勋。唐王朝封李晟为西平王,封李愬梁国公。清康熙二十六年(1687)《洮州卫志·古迹》:"西平故里,在洮州旧临潭县,西平忠武王李晟生处。李氏世以武力名陇西,晟以备羌居临潭,因家焉。临潭废县,在洮州(今临潭县新城镇)西七十里,西平王生处旧有御制碑,今不存,其城至今仍以李显名。"

② 王公甲第久难稽:李西平父子的宅第已很难考稽了。李晟累官司徒兼中书令,晋爵西平王,家居长安。卒后,葬于陕西高陵。其当日长安故宅未详。

③ 故里萧条望转迷:李晟故里临潭旧迹更是了无痕迹。今卓尼

县阿子滩镇与临潭县古战镇相邻之菜子村有唐墓遗址,墓室已被盗一空。据传即李晟先祖墓。此间民间久传"前山碑子后山墓",墓即指此墓。碑指墓址东隔山"唐故大将军李公之碑",碑主无确考,今存甘南藏族自治州博物馆。

④ 钟虡不移清渭北,鸭鹅如沸破淮西:上句说李晟平朱泚等叛乱,下句说其子李愬擒获吴元济,平定淮西。

⑤ 枭獍:见前《书感》注⑤。

山行六言

鸟度斜阳影外，人行落叶林间。
欲访前朝古寺，白云遮却遥山。

白 菊

玉露瀼瀼破蕊新,①淡妆别具好风神。
关心只恐重阳日,难认东篱送酒人。

【注】

① 瀼瀼:ráng ráng,露浓貌。

冬　夜

残灯耿耿夜迢迢，客舍与谁话寂寥。
屋破延风来拂面，墙低让月照终宵。
一寒至此心堪碎，百事无成兴已消。
剩有平生穿札笔，尽书境遇入诗瓢。①

【注】

① 诗瓢：指贮放诗稿的器具。宋计有功《唐诗纪事·唐球》："球居蜀之味江山，方外之士也。为诗捻藁为圆，纳入大瓢中。后卧病，投于江曰：'斯文苟不沈没，得者方知吾苦心尔。'至新渠，有识者曰：'唐山人瓢也。'"

卷四

道上遇雨

长风怒吼云模糊,山禽无语水禽呼。
空蒙乍失天一隅,旋看水面喧蒲菰。
阿香蹑云推雷车,①白雨纷纷乱跳珠。
透衣掀笠湿肌肤,人物惊窜如奔狐。
眼前咫尺迷道途,倾跌未免愁奚奴。②
终风虽暴不须臾,西山渐出东山无。
羲和伸手挈金乌,③落日衔山水声粗。
柴门闲立几农夫,相看儿童聊嬉娱。
茅屋如舟身自在,乐守田园吾不如。

【注】

① 阿香:神话传说中推雷车的女神。雷车:雷神之车。亦借指雷声。
② 奚奴:即仆从。
③ 羲和:古代神话传说中的人物,驾驭日车的神。金乌:指太阳(传说太阳中有三足乌)。

新 笔

向晓管城开,①毛锥脱颖才。
锋将穿札试,力已撼山来。
昼日初含露,生花未染埃。
相期千载后,别有勒勋才。②

【注】

① 管城:即毛笔。此处应指笔盒。
② 勒勋:记载功勋。

古 砚

静者形原寿,[①]温其孰与俦。
磨人经几代,对尔想千秋。
墨旧香仍在,神寒水欲流。
背铭浑不辨,料是伴苏欧。

【注】

① 静者形原寿:意即安静的人长寿。此为以人喻物。

茶色眼镜

如茶小镜映双睛，看碧成朱我自惊。
尽觉溪间桃浪涌，常疑天际晚霞生。
芙蓉帐暗灯无力，琥珀杯开酒有情。
等是红尘界中客，莫求色相太分明。①

【注】

① 色相：佛教语。指万物的形貌。

山居杂诗（四首）

一

山居颇习静，醇古近羲皇。①
篱落十余家，情好少参商。②
生不知胥吏，③心亦无伎张。④
柴门喧鸡犬，深巷卧牛羊。
清风徐徐来，微雨带花香。⑤
一鸠鸣树里，双燕飞田旁。
农夫事东作，⑥妇子饷壶浆。
岂不辞辛苦，秋来望丰穰。
因之恒鹿鹿，翻得乐洋洋。
此唱彼复和，箬笠遍东冈。

【注】

① 羲皇：即羲皇上人。羲皇：传说中的古帝王伏羲氏。伏羲氏以前的人，即太古的人。比喻无忧无虑，生活闲适的人。

② 参商：参、商二星此起彼落，不会同时出现在天空，因比喻人无法相见或不和睦。
③ 胥吏：官府中的小吏。句意即自给自足，不劳官府。
④ 侜张：欺骗作伪。侜：zhōu，壅蔽。
⑤ 清风徐徐来，微雨带花香：墨稿又作"春风何苒苒，远自天一方"。
⑥ 东作：东作西成的缩语。东作：指春耕；西成：指秋收。指春种秋熟。

二

一自到南村，心清少俗事。
未昏眠每早，日晏尚酣睡。
偶然约侣伴，信游芳草地。
听鸟怀好音，看山拥浓翠。
微风度暗香，不辨何花气。
兴尽辄归来，挥毫聊游戏。
诗不求其新，画不求其异。①
随意点缀间，把酒亦微醉。
倘令居城市，此趣或难致。

【注】

① 诗不求其新，画不求其异：墨稿又作"诗求字字新，画标笔笔异"。

三

明月出东山，如在青霄顶。
须臾满寒潭，遍吞金光影。
水月交清辉，幽人心自领。
其时雨初晴，良苗争秀挺。
邃谷度银光，既停还复骋。
露下杨柳垂，风来须眉冷。
将兹尘俗怀，推入光明镜。
宿鸟戛然鸣，夜深猛自省。
回首望吾卢，一灯犹炯炯。

四

叶落返本根，水流归海岛。
人生恋桑梓，不羡出林鸟。
自余遭乱离，曾未之远道。
据险借长河，庶几室家保。
故园卅里余，山路青缭绕。①
亲朋半沦亡，存者犹知好。
有闻皆乡音，有见皆故老。②
盘供漷水鱼，③足踏洮山草。
反覆黄鸟诗，差免客思扰。④
何日息妖氛，一椽庶再造。

【注】

① 故园卅里余，山路青缭绕：清同治间诗人避乱洮河南卓尼杨土司辖地纳浪等处，其地距临潭新城约三十里。墨稿此联后有"屋宇虽已焚，祖茔当拜扫"一联。
② 有闻皆乡音，有见皆故老：洮地避乱居此处的非止一两家。
③ 溠水：洮河古称。
④ 黄鸟诗：《诗经·小雅》有《黄鸟》《绵蛮》二诗，俱以黄鸟起兴，抒写诗人他乡行旅愁怀。《诗经·秦风》亦有《黄鸟》一首，系悼人之作，非此处所指。唐李中《和夏侯秀才春日见寄》："绵蛮黄鸟不堪听，触目离愁怕酒醒。"

雾（二首）

非烟非雨亦非风，惹闷真宜唱恼公。①
仙客乾坤藏袖里，淮王鸡犬入云中。②
当途略可径溪认，大界本来色相共。③
悟得前程原是梦，何妨人作信天翁。④

茫茫一气失尘寰，咫尺逢人睹面难。
遮莫晨昏难辨候，恍来混沌未分间。
空中竟下漫天帐，眼底全无隔岸山。
一笑迷藏同戏捉，惟闻涧水响潺湲。

【注】

① 恼公：犹言扰乱我心曲。唐李贺诗《恼公》，以浓词丽笔写冶游情事。
② 淮王鸡犬入云中：传说汉朝淮南王刘安修炼成仙后，把剩下的药撒在院子里，鸡和狗吃了，也都升天了。
③ 大界：即大千世界。
④ 信天翁：大型海鸟。见于我国沿海各地。古人见其凝立水际，或谓其不能捕鱼，常用以比喻呆立或留居原地少活动。

夜 坐

月华霜气满平林,独坐客窗感不禁。
为怕家园频入梦,挑灯把卷忘宵深。

老　将①

万里功勋莫复论,当年麾下半承恩。②
闻风久令匈奴慑,③对薄方知狱吏尊。④
痛入箭瘢愁夜雨,荷来箬笠老江村。
惟余一点雄心在,边月塞云绕梦魂。

【注】

① 老将:诗写西汉抵御匈奴入侵的名将李广,为其所遇鸣不平。作者或有"世乱思良将"之意。
② 当年麾下半承恩:是说当年的属下多已因功受赏封侯。
③ 闻风久令匈奴慑:李广任右北平太守,匈奴号为"飞将军",避之,数岁不敢入侵。
④ 对薄方知狱吏尊:汉元狩四年(119),李广随卫青击匈奴,因迷路误期,长史责令李广对质,李广因不愿受辱而自杀。

即 目[①]

剪裁也自费春风,又复吹残一夜中。
绾恨蛛丝看不见,飞花几片住虚空。

庚午(1870)

【注】

① 即目:诗写春风吹开百花,复又吹落百花,蛛丝又怎能于空中挽住,不使坠落枯萎呢。生命的流失,时局的艰危,让诗人内心深处充满无助和迷茫。

柳枝词（四首）

漠漠轻烟袅袅丝，永丰坊里日长时。①
摇风织雨无穷意，诉与离人总不知。

嫩似黄金绿似烟，最怜残月晓风天。
灵和新种闲花草，②寂寞垂丝大道边。

唱罢骊歌怨夕晖，年年枉说系征骓。③
自家风絮知何处，应羡行人去早归。

青青底事最伤神，陌上江边有好春。
莫怪翠楼肠欲断，凄凉更有北征人。④

【注】

① 永丰坊：地名。在唐东都洛阳。白居易曾赋《杨柳枝词》赞赏其西南角园中垂柳，因而名闻京都。
② 灵和：南朝齐武帝时所建殿名。亦指柳。《南史·张绪传》："刘悛之为益州，献蜀柳数株，枝条甚长，状若丝缕。时旧宫芳林苑始成，武帝以植于太昌灵和殿前，常赏玩咨嗟，

曰：'此杨柳风流可爱，似张绪当年时。'"后遂以为咏柳常用之典。
③ 征骓：远行的马。
④ 北征人：作者家在临潭新城，避乱客居卓尼秋谷，返乡需北行。杜甫《北征》诗，写安史之乱中从凤翔前往鄜州探家途中的观感，作者此处以之比拟，亦是"苍茫问家室"之意。

雪 花

素艳疑开白帝家,朔风吹堕满平沙。
长空自爱婆娑舞,六出谁栽顷刻花。
天女禅高浑落散,琼林树密辄交加。
金销帐暖逢清赏,①煮酒烹羊兴倍赊。

【注】

① 金销帐:嵌金色线的精美的帷幔、床帐。

冰　花

轻冰一夜满平湖,幻出花纹致不殊。
冷艳曾传蚕作茧,清姿雅称玉为壶。
傲霜淑女尤增媚,出水灵妃不染污。
莫叹菊残梅未放,群芳谱外别呈图。

灯　花

灯前谁唱采莲歌，同是花开伴睡魔。
有耀偏宜遮锦帐，无香也自惹银蛾。
频将喜事与人报，①转觉娇红向夜多。
结得离离金粟好，②更深几瓣落铜荷。③

【注】

① 频将喜事与人报：俗有灯芯结花，兆有佳客到。
② 金粟：比喻灯花、烛花。
③ 铜荷：铜制的荷叶状烛台。

浪　花

卷水风多叠浪生，江天历乱见琼英。
姹嫣无定鱼难戏，开落有声鹭应惊。
软翠春添新雨足，深红晚衬夕阳明。
不分四序常如此，雪片云根总有情。

渔父词

江天碧,江边渔父青箬笠。
雨足水浑鱼正多,一舟日日泛烟波。
风前欸乃声未已,扑扑鹭鸶冲浪起。
泊舟偶向绿杨湾,泼剌银鳞入篮里。
儿童晒网夕阳斜,相邀渔父过酒家。
剥菱击鲜供一醉,[①]醉归插满鬓边花。
入舟仰卧笑开口,明日得鱼还沽酒。
渔火如萤淡明灭,醒来鼓枻看江月。[②]

【注】

① 击鲜:指宰杀活鱼。
② 鼓枻:划桨。谓泛舟。

牧童词

晓日红,牧童向晓启牛宫。①
三尺短箠一箬笠,叱咤乌犍入山中。
山前山后多丰草,布谷声声啼林表。
短笛横吹那按腔,倦来卧看岚光绕。
微风不起云不生,大野飞飞多饥虻。
挥鞭且复傍柳荫,饮牛溪边野水深。
水色拖蓝草色绿,寝讹无惊牛果腹。②
暮烟一缕出空谷,返向山村抱黄犊。

【注】

① 牛宫:指牛栏。
② 寝讹:指牛羊的卧息与活动。典出《诗经·小雅·无羊》:"尔羊来思,其角濈濈;尔牛来思,其耳湿湿。或降于阿,或饮于池,或寝或讹。"

樵客行[1]

秋霜落,樵路侵云认约略。
秋叶下,樵歌声起风满野。
山深谷邃多烟树,朝朝去赴采樵处。
脚踏松枝随鹤行,满身时带西林露。
寂寂空林栖鸟惊,不闻人声闻斧声。
云根欲折牵苍藤,东山木响西山应。
暮霭垂垂天欲晚,寒鸦飞去樵人返。
芒鞋远蹑白云来,红叶青枝担头满。
得柴好作灶下薪,余者还易壶中春。
苟免荣辱甘辛苦,不愿挟书学买臣。[2]

【注】

[1] 樵客行:墨稿中自此首以下又标有"继园诗钞卷四续"。今依油印本及张汉隆抄本删除,直接接于卷四后。

[2] 买臣:朱买臣,西汉会稽郡吴县(今江苏苏州市)人。早年家贫好学,卖柴为生。后经人推荐,拜中大夫,出任会稽太守。元鼎二年(公元前115),参与诬陷御史大夫张汤,被下狱处死。这里作者意思是像朱买臣那样苦学以求功名,却不得善终,不值得。

田家行

雪初释,杏初坼,平畴雨霁含膏泽。
鸠乱鸣,草乱生,二月田家课春耕。
三月桑稀蚕欲老,四月茧成雪皓皓。
竹鸡声里妇子忙,[①]馌农踏遍田间道。
道中历乱蚱蜢飞,树下牛眠绿作围。
归来昏昏夜煮粥,卧听风雨撼茅扉。
平明出门噪乳鹊,把镰石上磨新锷。
赤日升天热如焚,行行陌上刈黄云。

【注】

① 竹鸡:鸟名。形似鹧鸪而小,上体橄榄褐色,胸部棕色多斑。多生活在竹林里。

寄冯子能[①]

鱼雁多年杳,[②]云山一望赊。[③]
南天应有泪,故里已无家。[④]
薄宦怜衰病,新霜感岁华。
遂初何日赋,[⑤]相与课桑麻。

【注】

① 寄冯子能:此诗无具体所作时间,从排序上看,其前有作于1870年的《即目》,其后有作于1872年的《闲游》,此诗应作于这一期间。据《临潭县志稿》,冯子能始任云南呈贡县知县,后迁云南昭通府大关同知,卒于任所。据民国《大关县志》,冯于清同治四年(1865)迁云南昭通府大关同知,在任仅一年左右。故赵维仁作此诗时,冯子能已不在人世五六年了。两地消息之阻隔不通,友情萦怀之历久弥深,俱动人衷肠。参见前《得子能呈贡任中书》【注】。

② 鱼雁:书信。杳:消失,不见踪影。

③ 赊:长,远。

④ 故里已无家:由前《得子能呈贡任中书》可知,冯子能赴云南呈贡任所,父母并未同往,此时,或都已去世,家中亦无

他人。否则，冯去世五六年之后，至友赵维仁何以仍不知道消息呢。
⑤ 遂初何日赋：即何日遂其辞官隐居的初心。遂初，遂其初愿，谓去官隐居。西汉末刘歆作《遂初赋》，作品以从河内至五原行程为线索，列举沿途各地的历史掌故，讽喻西汉末年朝臣专权的现实。并抒发了远离朝争之祸以求自保的心情。

野　寺

石径萦回森竹木,萧萧野寺数间屋。
竟日道人不归来,茅檐借于白云宿。

流萤词

流光熠熠乱飞腾,照读萧斋记旧曾。
莫入朱门歌舞地,红云如海夜张灯。①

【注】

① 红云:豪华宴会上的灯烛。三、四句是说朱门自有如云红灯,流萤不必前往徒添幽光。

闲 游

老爱闲游日正长,绮林东畔小桥旁。
柳丝垂幄莺歌馆,①花气喷人蝶醉乡。
四五里遥常有寺,两三家住自城庄。
归途更喜山间月,几时勾留趁晚凉。

【注】

① 柳丝垂幄莺歌馆:柳丝下垂,如同帷幄帐幔,那里是流莺唱歌的馆宇。

杂诗五首

一

圣道经秦火，①炭炭悲沦亡。
广川天人策，②朝阳孤凤凰。
退之攘佛老，③浊世扫秕糠。
一部昌黎集，尤增日月光。
理学重开辟，④二公分混茫。⑤
卓卓朱文公，⑥秉笔严秋霜。⑦
乃薄为诙戏，空言等荀扬。⑧
论贵得情实，把卷费思量。

【注】

① 圣道：圣人之道，此指孔孟儒家学说。秦火：指秦始皇焚书事。作者饱读儒家诗书，尊崇儒家之意显而易见。

② 广川天人策：指汉儒董仲舒对答汉武帝之策问。《汉书·董仲舒传》载，武帝即位，举贤良文学之士前后百数，而仲舒

以贤良对策。以"天人感应"说为其对策要旨,所对凡三,世称"天人三策"。广川,见前《董广川祠》注释。

③ 退之:韩愈,字退之,唐河阳(今河南省孟县)人。自称郡望昌黎,世称韩昌黎。推崇儒学,力排佛老,视之犹秕糠。有《韩昌黎集》。苏轼《潮州韩文公庙碑》:"飘然乘风来帝乡,下与浊世扫秕糠。"

④ 理学:亦称"道学",宋明哲学家思想。因宋儒多言"理"而得名。发端于北宋,南宋朱熹为集大成者。

⑤ 混茫:同"混芒"。混杂不清,模糊。

⑥ 朱文公:宋朱熹的谥号。

⑦ 秉笔严秋霜:比喻持论严正,不可凌犯。

⑧ 荀扬:荀子和扬子。荀即荀况,世称荀子,战国赵人。学宗儒术而言性恶,谓须恃礼义以矫其枉,乃得从善。扬即扬雄,世称扬子,西汉蜀郡成都人,辞赋大家,主张复兴儒家学说,提倡礼仪与法度并重。

二

仲弓吊张让,①对山谒刘瑾。②
所全在善人,道广原非病。
一时硁硁者,③惊若亲枭獍。
良玉自坚贞,寒泉本清净。
阳货何如人,④见者为孔圣。

【注】

① 仲弓：春秋鲁国冉雍的字，也称子弓。孔子的学生，以德行著称。张让，未详何人，孔门弟子中似无此人。仲弓吊张让，事亦未详。此首作者似说，贤者行事每有不得已者，世人惑于所见，常疑其用心，然并不能改贤者本心。

② 对山：明代文学家康海，字德涵，号对山，陕西省武功人。弘治十五年（1502）进士。武宗正德三年（1508），李梦阳入狱，为救文友，海往见同乡刘瑾，李梦阳获释。正德五年（1510），刘瑾事发，被处死，海受牵连，被削职为民。刘瑾，明宦官，明武宗朝日以鹰犬歌舞娱帝，渐获信用，擅作威福，排斥正直，谋为不轨。事发，磔于市，籍其家。

③ 硁硁：形容一个人见识浅薄又非常固执的样子。

④ 阳货：又名阳虎，春秋鲁国季氏家臣，一度掌握了季氏家甚至鲁国的大权，为了壮大自己势力，曾拉孔子为他做事，孔子设法回避。孔子也因长相有点像阳虎，周游至匡地时，被匡人误认孔子为阳虎，因匡地受过阳虎侵害，匡人围困孔子。弄清真相后，才放了孔子一行。事见《论语·子罕篇第九》《论语·阳货篇第十七》。

三

古战多用车，房琯乃致败。①
古仓推常平，②西京已受害。
井田与封建，③后世资狡狯。④
事与时相违。圣人亦无奈。

捐法任生人，刘炫言诚太。⑤

【注】

① 房琯：唐河南人。唐肃宗时参决机要。后自请将兵讨贼，错误采用春秋时期以战车为阵的战术，结果大败而还。此首是说事有在古为良法，而随着时移事改，在今未必者，这是圣贤也改变不了的。

② 常平：古代一种调节米价的方法。筑仓储谷，谷贱时增价而籴，谷贵时减价而粜。汉宣帝时耿寿昌首创。此指常平仓。中国古代为调节粮价、备荒救灾在各地设置的粮仓。

③ 井田：相传古代的一种土地制度。以方九百亩为一里，划为九区，形如"井"字，故名。其中为公田，外八区为私田，八家均私百亩，同养公田。公事毕，然后治私事。从春秋时起，井田制日趋崩溃。君主把土地分给宗室和功臣，让他们在这土地上建国。我国周代开始有这种制度，其后有些朝代也曾仿行。井田制和封建制在其初期，起到了发展农业生产、稳定王权统治的作用。但到后来，渐渐失去了作用，井田制束缚了社会生产发展，分封的王族也利用特权，觊觎皇权，不时危及皇朝的统治。

④ 狡狯：狡诈。

⑤ 刘炫：隋河间人，字光伯，性警敏而急躁，学识渊博而自矜好夸，好轻侮当世。隋开皇间，任殿内微职，因伪造古书求赏，被讼除名。后任太学博士，以品卑去任。终冻馁死。著有《春秋攻昧》《五经正名》等书，今不传。《隋书》有传。

四

侂胄南园成,①延放翁作记。②
出其四夫人,③奉卮左右侍。
公感之为文,规劝三致意。
以善饮诸人,岂真干利名。
乃游本传中,刺刺来物议。④
蔡京荐龟山,⑤还请分轩轾。⑥

【注】

① 侂胄:南宋权臣韩侂胄,主张对金国用兵,溃败伏诛,头颅被送金朝。曾获赐宋高宗别馆,修葺为南园,请陆游作记。记中既有委婉规讽,但也语涉颂韩,为清议所讥,认为有损文德。

② 延:请。放翁:陆游,号放翁。

③ 四夫人:韩侂胄四位宠妾张、谭、王、陈,号"四夫人",每内宴,与妃嫔杂坐,恃势骄倨。

④ 刺刺:多言貌。物议:众人的议论。指对陆游的讥议。《宋史》的《陆游传》中,也提到陆游为清议所讥。

⑤ 蔡京:北宋奸相,世以为六贼之首,毒流海内。宋钦宗立,贬死。龟山:北宋后期、南宋初时将乐(今福建省将乐县)人杨时,字中立,号龟山。先后受业于程颢、程颐,熙宁间成进士。晚年因蔡京父子举荐而入朝为官。高宗时官至龙图阁直学士。致仕后,著书讲学,当时推为程氏正宗。因晚隐龟山,学者称龟山先生。

⑥ 轩轾：古代大夫乘用车的顶前高后低称"轩"，前低后高称"轾"。比譬高低、轻重、优劣互有长短。这首作者是说对陆游、杨时并非有意屈从权贵，不可苛求于人。

五

宪赐不同趣，游夏交相诟。①
均是孔门贤，所见果合否。
后世师朱陆，②划然判箕斗。③
天资与人功，彼此有薄厚。
殊途而同归，奚必如压纽。④
不期践厥躬，乃争胜于口。
朝端立党人，⑤何期到师友。

【注】

① 宪赐不同趣，游夏交相诟：孔门弟子原宪，姓原，名宪，字子思，以安贫乐道著称，终身未仕。端木赐，姓端木，名赐，字子贡。利口巧辩，善于外交。常问政于孔子，多关切治国之经略，反映其从政志向。子游，姓言，名偃，字子游，以"文学"著称，注重礼乐教化，自称重视仁礼之根本，批评子夏门人做些洒水扫地接待迎送的事，没学到根本。子夏，姓卜，名商，字子夏，以文学著称，才思敏捷，强调在内省的基础上，注重践行，对子游批评其门人重末节而轻根本，他说，子游说错了，教学应有先后次序，按类区分，分别进行。这首诗大意是说不同的学术争论，不当有门户之见，互相争胜，以致党同伐异。

② 朱陆：宋代哲学家、教育家朱熹和陆九渊。朱熹为理学之大成，认为"理"为宇宙之本源，其学称为理学。陆九渊主张"心即理"，其学称为心学。朱、陆曾有"鹅湖之会"，就各自的观点展开激烈辩论。
③ 划然判箕斗：是说各不相同，区别如同天上的箕宿和斗宿。划然：界限分明貌。判：分别。箕斗：箕宿和斗宿。箕宿在南，斗宿在北，不相混淆。
④ 压纽：做国君的预兆。典出《左传·昭公十三年》。
⑤ 党人：朝中因利益而结成的朋党。

偶 成

侨寓真成惯,①缘溪独往还。
愁来双鬓白,乱后一身闲。
水气寒残照,秋声入远山。
最怜天际月,夜夜上松关。

【注】

① 侨寓:寄居。

秋　夕

万壑送阴云，晦冥赴秋夕。
开门望野田，一萤出空碧。

宿山寺忆东坡次守望小诗即用其韵①

寒鸦已归林,策马投山寺。
老僧穿云来,竹杖悬双屦。
月落一声钟,还踏白云去。

【注】

① 宿山寺忆东坡次守望小诗:即苏轼《梵天寺见僧守诠小诗清婉可爱次韵》,其诗云:"但闻烟外钟,不见烟中寺。幽人行未已,草露湿芒屦。惟应山头月,夜夜照来去。"作者这里用苏轼此诗韵字及其次序,此称为步韵。

明河曲

碧天影泻杳无涯,有客倚楼望眼赊。
牛女一年才一会,红墙只说隔卢家。①

【注】

① 卢家:古乐府中相传有洛阳女子莫愁,嫁于豪富的卢氏夫家。也泛指富裕之家。李商隐《代应》:"本来银汉是红墙,隔得卢家白玉堂。"

七 夕

清秋斜月挂针楼,①脉脉银河渡女牛。
十二万年才一会,双星犹自为离愁。

【注】

① 针楼:妇女所居之楼。《太平御览》卷八三〇引南朝梁顾野王《舆地志》:"齐武起曾城观,七月七日宫人登之穿针,世谓穿针楼。"

放歌（三首）

子晋跨凤凰，①翩然能轻举。
玉颜绿鬓美少年，紫府丹楼隔海屿。
秦皇汉武英且明，惯作天子羡长生。
方士蓬莱去无影，毕竟钟鸣漏已尽。
我谓盘古当年不学仙，遂将生死定在前。

浮生过眼如飞电，何事劳劳守笔砚。
章句埋没汩性真，②今人何曾见古人。
蠹鱼伏案枯欲死，日日芸窗钻故纸。
何如束置高阁中，一笑翩然且临风。

山花野草春满地，舞燕流莺多乐意。
人生局促辕下驹，日日垂头叹且吁。
一枕黄粱曾未熟，几人翻作牛山哭。③
刘伶对之笑口开，④床头时置酒一杯。

【注】

① 子晋：王子乔的字。神话人物。相传为周灵王太子，喜吹笙

作凤凰鸣，被浮丘公引往嵩山修炼，后升仙。诗写作者思接千载，神游仙凡之境，回忆平生，悟得解脱之道，故作达观之语。实则亦功业无成后之沉痛语。

② 汩：gǔ，沉没。

③ 牛山：山名。在今山东省淄博市。春秋时齐景公泣牛山，即其地。《晏子春秋·谏上十七》："景公游于牛山，北临其国城而流涕曰：'若何滂滂去此而死乎？'"后以之比喻为人生短暂而悲叹。

④ 刘伶：西晋沛国（今安徽淮北一带）人，字伯伦。"竹林七贤"之一。曾任建威参军。爱好老庄哲学，作品以《酒德颂》最有名。《晋书·刘伶传》："刘伶字伯伦，沛国人也……常乘鹿车，携一壶酒，使人荷锸而随之，谓曰：'死便埋我。'"后以之为纵酒放达的典实。

题友人所画黄雀捕蝉图

黄雀欲捕蝉,见蝉不见己。
非独遗其身,神明俱蔽矣。
君写画中形,兼得画中理。
漠漠晓烟横,垂垂柳荫美。
物态极天巧,栩栩微风里。
飞土莫逐肉,[1]怅惘挟弹子。

【注】

[1] 飞土:抛掷土丸以逐禽兽。

冬夜偶成

夜静风寒雪有声，昏灯耿耿翳还明。
交游零落樽前忆，诗句参差梦里成。
老矣多年悲世乱，归兴无地可躬耕。
传闻已奏西陲捷，会扫搀枪见太平。①

【注】

① 搀枪：亦作"搀抢"。彗星名。古人以搀抢为妖星，主兵祸。也引申指凶徒的首领。诗当作于清同治年西北之乱平定时。衰年乱平，交游零落，民生凋敝，诗人的心情于平静中透着悲凉。

即　景

袅袅柳丝贴地柔，流莺无处不歌喉。
行人隐约画桥外，几叠青山一酒楼。

癸酉（1873）

对镜戏作①

面目我生有,问我我不知。
醉后对明镜,笑问卿为谁。
且视冠与服,明明我在斯。
我笑卿亦笑,我悲卿亦悲。
一片清光里,我与我对时。
人生重神致,顾盼倍生姿。
丰盈缩瘦间,所争只毫厘。
试将形问影,果否尽肖之。
谓卿为真我,脉脉无一词。
谓我为非卿,宛然共须眉。
相看不亲切,未免费猜疑。
是卿还是我,且尽酒一卮。

【注】

① 对镜戏作:镜中镜外作者,宛似陶渊明诗中之形、神、影。

夏日闲步谷中见崖洞深邃，冰雪犹未释也

谷口山花色渥丹，^①谷中山洞雪犹寒。
漫言北陆藏冰易，翻觉东风解冻难。
沙径苔深愁履滑，林崖日暗怯衣单。
寓庐近受青蝇苦，愿琢凌阴供一盘。

【注】

① 渥丹：润泽光艳的朱砂。

乱后初至洮城

树尽春无著,城荒日易昏。
到家惟壁在,访旧几人存。
未信消烽火,何由慰战魂。
空怀无限恨,那忍对清樽。

宿城中

旅舍灯初上,更楼鼓不挝。
自怜身是客,翻讶梦还家。
屋角明新月,山头噪暮鸦。
凄凉留一宿,伏枕只悲嗟。

七夕阴雨连绵，至中秋尤甚，戏作一绝

一会经年唤奈何，为愁别绪雨滂沱。
嫦娥窃药无还日，惹得盈盈泪更多。

附：龙同治十年七月旧洮事①

撼屋雷声夜昏翳，电光缭绕飞平地。
晓倚银床汲寒泉，②井水忽染鱼虾气。
波底争看蜓蜿形，髯苍角白鳞甲青。
潜龙见首不见尾，坐失风云竟不灵。
纷纷相视心懊恼，神物岂合辱泥潦。
小院阴浓插柳枝，共言宜禳宜祈祷。
我谓前岁贼起人民愁，未见龙来替人谋。
今兹龙困犹在水，奈何人转为龙忧。
入于坎窞应有制，③不若任其浮沉如鲲鲉。④

【注】

① 龙：题旁附记说诗写清同治十年（1871）七月旧洮事，旧洮即今临潭县城，俗称旧城。同治十年（1871）七月，旧洮究竟有何动人视听之事，史籍无载，耳传无闻。刻印本及张汉隆抄本此首有附记："校者眉批云，此事假的，我曾熟视井底，乃绿水膘一缕，略盘曲耳。缘是井久未汲水，故有膘也。世间不传真而传妄，大抵如此。"校者或即《继园诗钞》校定者陈钟秀。作者有诗相赠，见后《谢陈辉山校订拙

集》。刻印本及张汉隆抄本所据应为同一来源。但墨稿并无此附记。据此，其事也不是什么大不了的事，大概就是传言有龙出现于旧城某水井罢了。在昔日民间，这也算耸人听闻的事，极易为好事者渲染。其实是荒诞不经的。作者题此，不过是借以托讽而已。

② 银床：井栏。一说辘轳架。
③ 坎窞：kǎn dàn，坑穴。喻险境。
④ 鱋鮋：qū yóu，鱼类。

附读书[①]

蝇蚋逐膻臭，蜂蝶慕芬芳。
人生有所嗜，习惯即为常。
予少耽书籍，至今入膏肓。
前身疑蠹鱼，[②]一见喜欲狂。
忆自发初燥，[③]业儒守一疆。
十五始雕虫，摇笔为文章。[④]
二十举茂才，[⑤]驰声翰墨场。
旋以南金贡，[⑥]人多许腾骧。[⑦]
六度棘园去，[⑧]龙门斥河魴。[⑨]
岂真憎命达，[⑩]抑或艺未良。
亲老心亦倦，胡为羁名缰。
芳园四五亩，花木森成行。
偃屋耸青嶂，临阶砌池塘。
就中余隙地，曲折建幽房。
几净朝朝设，窗明面面张。
叠叠邺侯架，[⑪]深深曹氏仓。[⑫]
购求恒孜孜，积累渐穰穰。[⑬]
堆书数万卷，一一题缣缃。[⑭]
胆瓶供新卉，[⑮]鸭鼎炷名香。[⑯]

闭门终岁坐,惟日月就将。⑰
坟典溯皇古,⑱经书究三工。⑲
伟辞尊孔孟,郛说稽汉唐。⑳
一部廿三史,㉑大海泛飞艎。
百家及诸子,㉒亦复涉汪洋。
诗则如李杜,㉓文则如荀扬。
赋则如潘陆,词则如苏黄。
外此杂志传,㉔汗牛充栋梁。
古书昭然在,古人如未亡。
日聚千古人,晤对于一堂。
与之论经济,㉕俞咈睹赓飏。㉖
与之论道义,品谊重圭璋。㉗
与之谈泉石,㉘清风吹荔裳。㉙
与之谈畎亩,遍地艺稻桑。
与之敦孝友,鸱枭化凤凰。㉚
与之述忠烈,柔儒变坚刚。
与之状义侠,肝胆炼精钢。
与之发奸险,斧钺诛豺狼。
与之作滑稽,诙谐若东方。㉛
与之为虚诞,寓托肖蒙庄。㉜
与之览寰宇,顷刻周遐荒。
与之探海岳,跬步俨梯航。
与之考器具,鼎彝杂琮璜。㉝
与之究物化,㉞蠕动兼潜翔。㉟
或严如法语,㊱口吻凛冰霜。㊲
或款如忠告,㊳剀切以和祥。㊴
或婉如唱和,声韵谱笙簧。
或凄如悲叹,泣诉间苍凉。

457

或现为妩媚，妖娇比毛嫱。㊵
或幻为奇谲，诡怪敌狐鸧。㊶
或细等丝竹，㊷幽响奏铿锵。
或宏比镛鼓，㊸大声腾激昂。
或片词扼要，㊹孤花缀峦冈。
或善言敷布，㊺明珠倾筐筐。
六合之所有，靡不尽包藏。
拣金于砂砾，采瑚于溟沧。
摘芝于林莽，出米于秕糠。
一身汇万象，心目为之忙。
至哉天下乐，奚须以禄偿。
春风吹丽景，群卉媚艳阳。
晴窗闲把卷，流莺弄喉吭。
夏日多炎热，挥扇坐回廊。
煮茗消午梦，南薰赓虞皇。㊻
秋露零百草，西风飒清商。㊼
挥毫趁爽气，篱菊啼寒螀。㊽
冬雪何飘荡，围炉进壶觞。
昼短苦宵永，焚膏继羲光。
朋来析疑义，客去检诗箱。
奴仆烦侍坐，妻子虑羸尪。㊾
敢言追往哲，庶几弗面墙。㊿
已历廿余载，心常于老忘。
视为益智粽，籍作馈贫粮。
夸多而斗靡，(51)自问诚不遑。
悲矣遘阳九，(52)群盗声獗猖。
满路生荆棘，中天耿搀枪。(53)
士民罹锋刃，弦诵罢胶庠。(54)

敛迹来番地，胸怀每恐惶。
同时避难侣，邻居亦孔长。
弱者营口腹，强者荷斧斨。
苦无素心人，与孰共徜徉。
戎语犹鴂舌，[55]一闻转伥伥。[56]
不如寻旧好，一卷把松旁。
破闷逾歌舞，攻愁胜酒浆。
日久恨书少，搜罗尽僻乡。
野史时可读，医书幸复详。
淡则如嚼蜡，甘则如食糖。
以前目未睹，近日一一尝。
记性总无多，尚能挈其纲。
渔猎知非贵，实以涤愁肠。
况视樗蒲辈，[57]用心或稍强。
愿祝干戈息，乾坤转平康。
扫我莳花径，[58]拂我积书床。
散帙收错落，[59]虫鱼校微茫。[60]
知新缔今好，温故追亡羊。
纵老尚未衰，双瞳未茫茫。
假年励吾学，[61]所造或难量。
平日足著述，讴歌拟沧浪。
心和词略适，理足句无僵。
洪炉重锻炼，云传庶可望。
瑕瑜互不揜，指摘亦何伤。
此志如堪遂，此事正未央。

【注】

① 附读书：诗共一百韵，二百句，诗人回顾了自己一生的读书生活。全诗以首八句为发端，言秉性嗜好，即为读书。以下可分为三段，从"忆自发初燥"至"自问诚不遑"，历叙少年至青年时期博览群书，浸淫各种典籍，铭感抒怀，直至弱冠。这一时期，诗人家境富裕，日日以读书为乐，自适自足。诗中"芳园四五亩，花木森成行。偃屋耸青嶂，临阶砌池塘"并非虚构，而是写实。诗人故宅在今临潭县新城镇西街。原址临街，有住宅，有前后花园，有临街铺面。故址今存一座百多年卷棚青瓦房，当属诗人子辈所修。从"悲矣遘阳九"至"虫鱼校微茫"，写世变事乖，因西北变乱，避居洮南藏地，仍不废勤读，日以诗酒攻愁。"纵老尚未衰"一句至结尾，写战乱结束，似又提及任灵台教谕事，诗人虽不热衷功名，但这时对造育后学抱有一番期望。因诗题为《附读书》，故诗中对远赴陕、豫、晋、冀的游历生活并未提及。

② 蠹鱼：衣、书中之蠹虫，亦名衣鱼。连下句是说自己前世就是个嗜好读书的人，如今更是如此。

③ 发初燥：即胎发始干，指初成年时。

④ 十五始雕虫，摇笔为文章：《继园诗钞》第一首《园居》作于1837年，作者时年十五岁。

⑤ 茂才：即秀才。因避汉光武帝名讳，改秀为茂。明清时入府州县学的生员叫秀才，也沿称茂才。

⑥ 南金：南方出产的铜。后亦借指贵重之物。比喻优秀人才。

⑦ 许：期许。腾骧：飞腾，引申为地位上升，宦途得意。

⑧ 棘园：即棘院。也称"棘闱""棘围"。科举时代的考场，因用荆棘围起，以防止作弊，故称。

⑨ 龙门：古代科举试场的正门，后喻指科举中式为登龙门。魴：比喻人的劳苦。连上句是说，六次参加科场考试，都未考中。作者自清道光二十三年（1843）以明经中优贡，后屡试不第。

⑩ 憎命达：命运不垂青写文章的人。句出杜甫《天末怀李白》："文章憎命达，魑魅喜人过。"

⑪ 邺侯架：比喻藏书处。唐韩愈诗《送诸葛觉往随州读书》："邺侯家多书，插架三万轴。"邺侯，即李泌。

⑫ 曹氏仓：曹家书仓。泛指藏书的仓库。晋王嘉《拾遗记·后汉》载，曹曾书垂万余卷，"及世乱，家家焚庐，曾虑其先文湮没，乃积石为仓以藏书，故谓曹氏为书仓"。

⑬ 穰穰：多的样子。

⑭ 缣缃：供书写用的浅黄色细绢。代指书册。

⑮ 胆瓶：长颈大腹的花瓶，因形如悬胆而名。

⑯ 鸭鼎：鸭形鼎。

⑰ 就将：谓每日有所成就，每月有所进步。语出《诗经·周颂·敬之》："日就月将，学有缉熙于光明。"此句或为"惟日就月将"之误抄。

⑱ 坟典：三坟、五典的并称，后转为古代典籍的通称。皇古：上古，遥远的古代。

⑲ 三王：指夏、商、周三代之君。

⑳ 郭说：或即《说郭》，笔记丛书。元代陶宗仪编。一百卷。原本已佚，今本乃近人据明抄本刊刻。收汉魏至宋元各种笔记，内容包括经史诸子、志怪传奇、稗官杂记乃至诗话、文论。采用之书达六百余种，其中少数作品世无传本。郭，fú。

㉑ 廿三史：我国传统有二十四部纪传体正史史书，其中《新五代史》是后来增加的，之前的即称廿三史。

㉒ 百家及诸子：即诸子百家。原指先秦时期各种思想的代表人物和各个派别，后用来对先秦至汉初各种流派的总称。

㉓ 李杜：李白和杜甫。以下荀扬、潘陆、苏黄，分别指先秦儒家代表人物之一荀子和西汉辞赋家扬雄、西晋文学家潘岳和陆机、宋代文学家苏轼和黄庭坚。

㉔ 志传：志书传记类文章书籍。

㉕ 经济：经世济民、治理国家。

㉖ 俞咈：赞成和反对。俞：文言叹词。犹言"然"。表示应答或肯首。是，对。咈：fú，犹言否、不行。赓飏：亦作"赓扬"。谓飞扬轻举连续而歌。

㉗ 品谊：品性道德。圭璋：古代帝王、诸侯举行仪式时手持的两种礼器。引申指人品高尚。

㉘ 泉石：指泉石之乐。比喻生活在山水园林之中，享受其中的乐趣。

㉙ 荔裳：即以薜荔为衣。山林隐居者的衣饰。

㉚ 鸲枭：即鸲鹆。句意谓化恶为良善的意思。

㉛ 东方：即东方朔。西汉文学家，长于文辞，喜诙谐滑稽。惯以诙谐之谈，寓讽谏之意，使皇帝感悟。

㉜ 蒙庄：即庄周。

㉝ 鼎彝琮璜：皆古代庙堂金玉礼器。

㉞ 物化：事物的变化。亦指死亡，即人化而为物。

㉟ 蠕动兼潜翔：昆虫类爬行动物和水生物及飞禽类动物。

㊱ 法：法令制度。

㊲ 凛：严肃而可敬畏。

㊳ 款：诚恳。

㊴ 剀切：诚恳而切中事理。

㊵ 毛嫱：古代美女。

㊶ 狐鸧：狐仙与奇鸧。狐仙，即修炼成精的狐狸。奇鸧，传说中的九头鸟。

㊷ 丝竹：弦乐器与竹管乐器之总称。亦泛指音乐。

㊸ 镛：古乐器，奏乐时表示节拍的大钟

㊹ 片词：亦作“片辞”。简短的言词。陆机《文赋》：“立片言以据要，乃一篇之警策。”

㊺ 敷布：陈述。

㊻ 南薰：即南风、和风。虞皇：虞舜。

㊼ 清商：商声，古代五音之一。古谓其调凄清悲凉，故称。也指秋风。

㊽ 寒螿：即寒蝉，蝉的一种，比较小，墨色，有黄绿色的斑点，秋天出来叫。螿，jiāng。

㊾ 羸尪：léi wāng，瘦弱。亦指瘦弱之人。

㊿ 面墙：意谓面对着墙壁，看不见什么。比喻不学而识见浅薄。

(51) 斗靡：谓以词藻华丽竞胜。

(52) 阳九：见前《皤溪》注③。连下句指清同治年间西北之乱。

(53) 《闻卓尼警信》注②。

(54) 弦诵：弦歌和诵读，指学校教育。胶庠：周代学校名。周时胶为大学，庠为小学。后世通称学校为“胶庠”。

(55) 鴃舌：比喻语言难懂。

(56) 伥伥：chāng chāng，无所适从貌。

(57) 樗蒲：古代的一种游戏，似掷骰子。后也为赌博的通称。

(58) 莳：shì，栽种。

(59) 散帙：打开书帙。亦借指读书。

(60) 虫鱼：指训诂考据之学。孔子认为读《诗经》可以多识草木鸟兽虫鱼之名。汉代古文经学家注释儒家经典，注重典章制度及名物的训释、考据。后遂以“虫鱼”泛指名物和典章制度。有时含讥其烦琐之意。

(61) 假年：给以岁月。指延长寿命。此句连下句或指作者自己任灵台县教谕职一事。这是作者平生唯一一次出任清廷授职，同年即卒于任上，年五十二岁。

谢陈辉山校订拙集①

年来辛苦为吟诗,校订劳君笔一枝。
尽把性情存卷里,最难得失慰心时。
宫花写影临池见,淑女修妆问镜知。
从此锦囊随处启,②免人一一指瑕疵。

【注】

① 谢陈辉山校订拙集:陈钟秀(1805?—1880?),字辉山,临潭晚清诗人。著诗集《味雪诗存》四卷,今仅存第三卷。另有一小册草稿本《味雪诗逸草》存世,内有《酬赵心泉见赠》(二首)。陈钟秀、赵维仁大体处于同一时期,又均为临潭新城西街人。陈年长于赵近二十岁,去世晚赵几年,但二人互相酬赠之作很少。终其一生,赵赠陈诗,仅此一首;陈赠赵诗共两首,即《酬赵心泉见赠》(二首)。在临潭清代后期同时期诗人中,赵维仁与同是新城西街的冯克勋交厚。《继园诗钞》中与冯克勋有关的诗共有十首。冯克勋赴云南任职,卒于任所,好几年后,赵维仁还不知情,还在寄诗给冯克勋。赵维仁、陈钟秀二人的交往似乎只在清同治乱平后,二人均从各自避乱客居之地回到新城故地之后到去世前

的短短两三年中。其原因或许在于一为年龄差距；二为赵维仁中明经优贡后，长期外出壮游；三为赵维仁结束壮游，又赶上同治之乱，二人各避走他乡多年。故只有在乱平回乡后，二人才有了交往机会。恰在这时，赵维仁又赴灵台县任教谕职，不想仅一年，赵维仁即卒于任所。

酬赵心泉见赠（二首）
陈钟秀

焚香盥露诵君诗，如对风前玉树枝。
老气信添新句里，才华犹是少年时。
音惟同调才能赏，味莫亲尝漫诩知。
白璧自来为至宝，琢磨肯使有瑕疵。

失却胸中记事珠，年来笔墨久荒疏。
莺娇正好迁乔木，马老漫言知旧途。
多病况兼同志少，长吟惟对一峰孤。
秋来所有论文信，拟醉山窗酒满壶。

② 锦囊：锦制袋子，古人多用以存藏诗稿。

跋　赵继园先生诗集后

读先生之诗，知先生之人矣。先生具不羁才，弱冠博明经，游京华，历山川之雄峻，睹人文之纷郁，归而学益进、诗益豪。家素饶，性无町畦，往来诸书院中，故中岁多欢欣鼓舞之词。晚遭兵燹，避居番地，后以灵台教职卒。年老词悲，亦时使然也。呜呼！先生往矣，洮之称能文者以先生为最。使先生掇巍科、跻显宦，其于诗也何如？今以先生之才之学，其遇于生也如彼，而其遇于殁也如此。柳州以谪而工文，工部以穷而工诗，自古莫不然，又何憾于先生！

伏羌后学魏立志于莲峰书院之北斋，①时在光绪十三年（1887）季春之望

【注】

① 魏立，字礼亭，光绪年间甘肃伏羌（今甘谷县）进士。光绪十二年（1886）后，洮州同知李日乾聘为洮州莲峰书院院长。

附　录

一、永思堂记

赵维仁

永思堂者，始祖明允公所建祠堂名也。公于永乐元年（1403）从沂国公平洮，[1]功成以世袭掌印正千户留洮，遂家焉。然始祖以先人坟墓在凤阳，不无首邱之感。入觐时陈情回籍，弗许。召见泣请，又弗许。退与同寅述建祠之意，廷臣中解缙诸公即以永思名其祠，志公孝，仍取上意也。同治五年（1866），回匪陷洮城，祠与宗谱俱罹兵燹，族党亦半流亡，虽欲重建斯堂以永孝思，有其心未必有其事。然而祠堂，器也；孝思，道也。道可以离器，器不可以离道。文之孝以寝门侍立传矣，[2]后之人果能法文之孝，不必定侍文之寝门也。仲之孝以百里负米传矣，[3]后之人果能法仲之孝，不必定负仲之米也。吾宗之人若体始祖永思之意，将移孝以作忠，本孝以锡类，力能建斯堂而永思之旨固在，即无力建斯堂而永思之旨亦在。第恐日月变迁，存堂之名而昧堂之义，则数典忘祖之罪，孰大于是？仁谨按谱中能记忆者书其概,以永之世世云。

——清光绪三十三年(1907)《洮州厅志》卷十五《艺文》

二、有关赵维仁个人史料

1. 个人小传

赵维仁：心泉,工诗画,著有《继园诗集》四卷。任灵台县教谕。

——《洮州厅志·选举·优贡》

赵维仁：字伯纯,晚字心泉,号继园,本城优贡生。清授灵台县教谕。具不羁才,遨游秦豫京华间,睹山川之雄峻,观人文之芬郁。故学识渊博,文明迈进。为诗不喜雕琢,著有《继园诗钞》四卷,类皆性灵而趋向幽邃。熟鉴史,尤精医学,芳行德教,详载碑文,见金石志。

——《临潭县志稿·人物志·列传》

2. 祖上

赵诚：洮州始祖,安徽凤阳府乐善县人。明洪武征西时,从沂国公金朝兴进剿洮州,屡战有功,任千户,封怀远将军。永乐九年敕修宅,赐衣服表里,十一年赐御祭。

——《临潭县志稿·人物传·名将》

敕诰：明成祖永乐九年(1411),敕赵诚修宅,赐衣服表里。卒,赐御祭、永乐十一年岁次癸巳七月戊寅翔越十四日幸卯,礼部郎中陈启奉敕致祭于洮州指挥金事赵诚之灵曰：尔处边垂,克效劳勤，愈久不替。往者从征北塞，效力良多，爰加升擢，以酬尔劳。兹尔来朝以疾遽没，良深感悼！特遣人祭以牲醴，尔其有知，服此谕祭。

——《临潭县志稿·人物志·封爵》

赵毓桂：灵台县教谕赵维仁之父，诰封修职郎。妻李氏齐氏，封孺人。

——《洮州厅志·选举·封荫》

3. 师从

王正元：④字仲三，西乡丁家堡人，丁酉（1837）经魁，授镇远县训导，博学工诗，游览之余，酒酣握笔，亭榭琳琅锦绣，蓬勃潇洒。镇原县宰重其学，敦聘纂修邑志。正元博涉经史，为文章绝去浮靡，颇近《史记》。镇远举人慕少堂于旧志雅称赞之。

——《临潭县志稿·人物志·文吏》

沈朗亭：⑤沈兆霖，字朗亭，浙江钱塘人，道光十六年进士，选庶吉士，授编修。同治元年，署陕甘总督，率兵平乱。七月还师途经平番（今甘肃永登县）三道沟，突遇大雨，山洪暴发，溺亡。《清史稿》有传。

【注】

① 沂国公：金朝兴（？—1381），应天府（今南京）人，明初将领、开国功臣。《明史》及《洮州厅志》载，金朝兴沉勇有智略，明洪武十二年（1379）从沐英西征来洮，遂家于洮州。明洪武十四年（1381），从傅友德征云南，卒，追封沂国公。弟金鼎兴、金建兴俱授洮州卫指挥；子金秀杰袭洮

州卫指挥。《洮州厅志·选举》:"金朝兴原籍南京贮丝巷人。洪武十一年（1378）秋八月，同西平侯沐英征洮州十八族番酋三副使等，十二年斩之，并诛碛石州土官阿昌、七站土官失纳等。五月庚午，筑城东陇山，六月班师。晋秩宣德侯，世袭指挥使。十四年（1381）九月，随颍川侯傅友德征云南战殁，追封沂国公。"《永思堂记》所言先祖"于永乐元年（1403）从沂国公平洮"，时间有误。

② 文之孝以寝门侍立传矣：西汉文帝，生母薄太后病三年，文帝奉养无懈怠，常目不交睫，衣不解带，亲尝汤药以进。

③ 仲之孝以百里负米传矣：春秋时期鲁国人仲由，字子路，孔子弟子。家贫，常食藜藿之食，为亲负米百里之外。

④ 王正元：赵维仁《洮州八景诗·莲峰积翠序》有"予师丁酉经魁王仲三先生以松岭乔木不佳"一语，据此可知，赵维仁出王正元门下。

⑤ 沈朗亭：《继园诗钞》卷二《哭沈朗亭尚书》之三，墨稿作者有原注："公视学陕甘癸卯（1843）春优贡，余出门下。"

编　后

赵维仁著《继园诗钞》四卷，终于完整校录完了。需要交代的事项前言中已说了。在此，谨对在校录过程中提供了各种便利条件和帮助的各位亲朋好友表示衷心的感谢！尤其要感谢中国作协挂职临潭县委常委、副县长崔沁峰，临潭县文联专职副主席敏奇才，还有作家出版社编辑老师，对此书的关注与大力扶持。由于个人水平所限，诗集中还有一些疑惑未作解释；已作注释的，难免有不当或错误的地方。敬希方家和读者不吝赐教。

张俊立
2023年8月

图书在版编目（CIP）数据

继园诗钞／（清）赵维仁著；张俊立校注. -- 北京：作家出版社，2024.5
ISBN 978-7-5212-2767-3

Ⅰ．①继… Ⅱ．①张… Ⅲ．①古典诗歌 – 诗集 – 中国 – 清代 Ⅳ．①I222.749

中国国家版本馆CIP数据核字（2024）第066447号

继园诗钞

作　　者：	（清）赵维仁
校　　注：	张俊立
执行主编：	敏奇才
责任编辑：	秦　悦
装帧设计：	薛　怡
出版发行：	作家出版社有限公司
社　　址：	北京农展馆南里10号　邮　编：100125
电话传真：	86-10-65067186（发行中心及邮购部）
	86-10-65004079（总编室）
E-mail:	zuojia@zuojia.net.cn
http://www.zuojiachubanshe.com	
印　　刷：	三河市北燕印装有限公司
成品尺寸：	152×230
字　　数：	326千
印　　张：	31
版　　次：	2024年5月第1版
印　　次：	2024年5月第1次印刷
ISBN	978-7-5212-2767-3
定　　价：	98.00元

作家版图书，版权所有，侵权必究。
作家版图书，印装错误可随时退换。